antonio oria de rueda
fernando ribeiro
lavina madeira ribeiro
paula azevedo
susana dobal
walter menon
yury hermuche

O livro do amor

antonio oria de rueda
fernando ribeiro
lavina madeira ribeiro
paula azevedo
susana dobal
walter menon
yury hermuche

O livro do amor

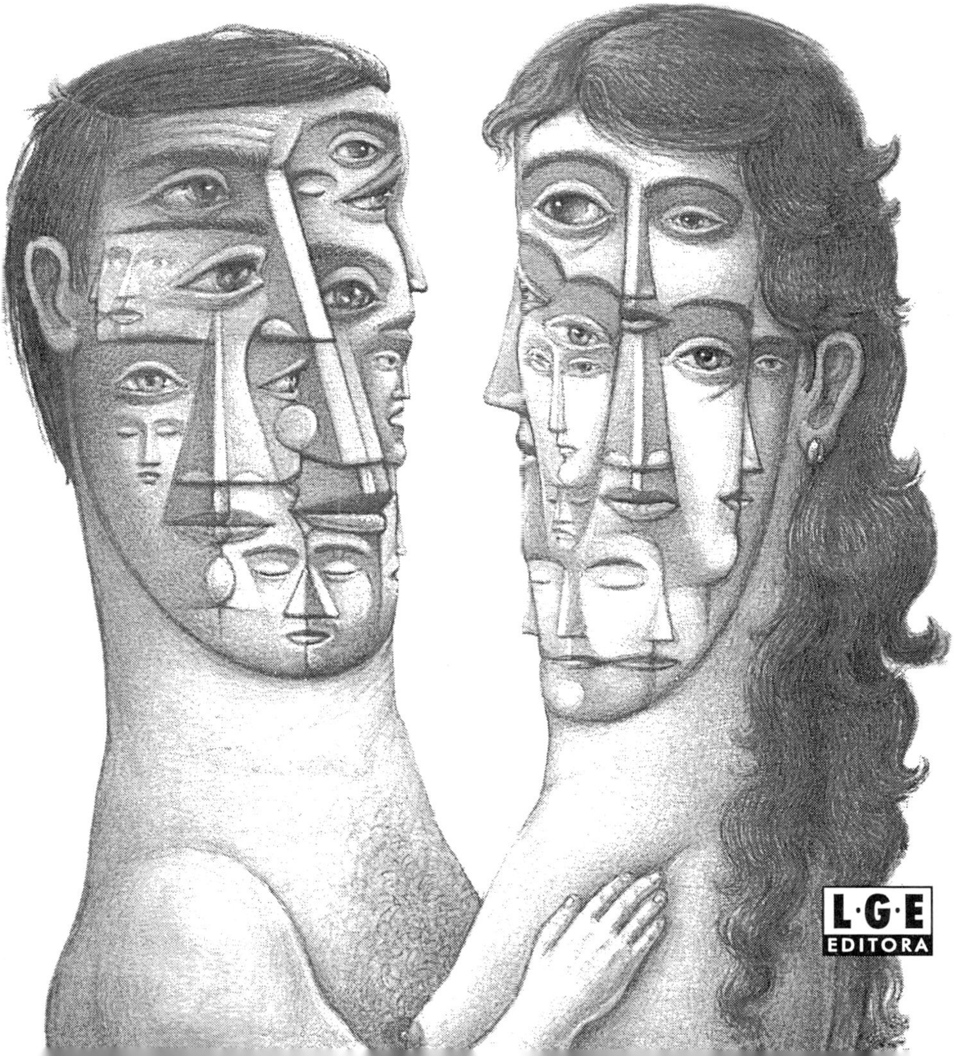

L·G·E
EDITORA

LGE Editora Ltda.
SIA Trecho 03 Lote 1.760 – Brasília-DF
Tel.: 61 362.0008 – Fax: 61 233.3771
lgeeditora@lgeeditora.com.br
· www.lgeeditora.com.br

Editor
Antônio Carlos Navarro

Autores
Antonio Oria de Rueda
Fernando Ribeiro
Lavina Madeira Ribeiro
Paula Azevedo
Susana Dobal
Walter Menon
Yury Hermuche

Coordenação Editorial
Anna Cristina de Araújo Rodrigues

Diagramação
Marcus Polo Rocha Duarte

Capa
Fernando Lopes

Composição e Impressão
Quick Printer/DF

Dados Internacionais de Catalogação na Publicação(CIP)

O livro do amor/ Antonio Oria de Rueda, Fernando Ribeiro, Lavina Madeira Ribeiro, Paula Azevedo, Susana Dobal, Walter Menon e Yury Hermuche – Brasília: LGE, 2005.

100p.

1. literatura, Brasil 2. Contos. I Título.

CDU 82-34

ISBN: 85-7238-149-X

Visite nosso Site:
www.lgeeditora.com.br

Sumário

APRESENTAÇÃO

Sete contos sobre Esther e Lourenço, sete vidas, sete possibilidades entre estes dois personagens, cujos nomes permanecem em todos os contos, entregues ao fôlego de cada escritor. Para cada um de nós foi dado um final a partir do qual deveríamos começar nosso enredo. Escrevemos sem conhecer absolutamente nada sobre o que os demais escreviam. Assim, fizemos um livro de contos. Um livro sem início e sem fim, que pode ser lido a partir de qualquer um dos contos escritos.

Como se Esther e Lourenço pudessem ter sete chances de amar.

Sorte e fortuna para eles. E sete chances para você, leitor.

Os Autores

ESTHER E LOURENÇO

FERNANDO RIBEIRO

Com novo fôlego, ele trocou de roupa, desceu novamente para a calçada e foi para a rua. A chuva tinha acabado definitivamente e as pessoas estavam de volta à rua. Com a noite recomeçando, era como se começasse também um novo capítulo na vida. Vê-la assim seguir sozinha tão facilmente, e com tanto desprendimento, era inquietante; parecia-lhe um difícil recomeço mas também já era muito mais do que esperava: ao menos, pensou ele, ela havia prometido voltar. Virou-se e caminhou, arrastando os pés. Mergulhou em uma estação do metrô e deixou a multidão envolvê-lo.

A cada passo Esther sentia estar mais longe da opressão que os anos de relacionamento tinham depositado sobre ela, fio por fio, até envolvê-la em uma teia de desespero.

Uma brisa marinha soprava, trazendo de volta a excitação de começar um novo dia. Respirou fundo e levantou o rosto sorrindo. Os fartos cachos ruivos se espalharam sobre seus ombros e costas. Como era bom estar viva, pensou. Lourenço, com seu amor neurótico, havia sugado dela até a vontade de viver. Sacudiu a cabeça com força, como se quisesse que os maus pensamentos, qual corvos agourentos, voassem. Continuou sua marcha rápida e decidida. Relanceou os olhos pelo relógio do homem que caminhava ao seu lado. Oito e quinze. Não havia motivo para pressa. Estava relativamente perto do trabalho e o expediente só começava às nove.

Atravessou a rua rumo a um café, estrategicamente situado numa esquina de grande movimento. Em frente a ele, na calçada, o termômetro marcava trinta e oito graus. Ela sorriu. Era uma temperatura absurda para aquela hora e época do ano, estava quebrado. Marcava sempre trinta e oito graus. Ela e Lourenço brincavam, dizendo que aquele era o termômetro de seu amor. Indiferente às variações do tempo, marcava sempre tórridos trinta e oito graus. Entrou no café. Encostados no velho balcão de mármore, executivos disputavam um bom lugar para tomar seus expressos, num preâmbulo das batalhas do dia.

- "Um expresso duplo, por favor."

Observou os gestos precisos do atendente manipulando a máquina de café. Era uma magnífica *Gaggia Tipo Esportazione 4 Gruppi* provavelmente fabricada em Milão, no fim da década de cinqüenta. Riu para si mesma. Apesar de trabalhar com investimentos era apaixonada por máquinas e objetos. Era mais um contraste que Lourenço não sabia administrar. A lembrança da despedida a entristeceu e ela voltou a concentrar-se na *4 Gruppi* num esforço para resgatar o bom humor recém adquirido. O aroma do café encheu o ar. Atrás do balcão, refletidos no espelho, ela via os tubos e alavancas da máquina. Um design robusto e elegante. Seu olhos passearam pelas linhas arredondadas. Deveria ter quase cinqüenta anos, bem mais velha que ela mesma. Ainda assim continuava linda. Certas coisas eram perenes, ou pelo menos, comparadas a nossa breve e turbulenta existência, davam a impressão de ser.

— "Seu café".

Com um leve sobressalto ela voltou a realidade.

— "Obrigada", sorriu ligeiramente.

A espuma cremosa girava devagar, formando espirais. Segurou o pires e a xícara; sopesou-os. Formavam um sólido conjunto. Sorveu um golinho. Uma sensação de bem-estar invadiu-lhe o corpo. Fechou os olhos. Recordara os braços de Lourenço. Todos os dias, ao acordar, aninhava-se, sentindo-lhes o calor e a força, tentando prolongar um pouco mais a sensação de segurança que a cama quente e o sono profundo lhe traziam. Ainda de olhos fechados bebeu outro gole. O cheiro do café inundou-lhe as narinas e ela sentiu-se imergir num mar de lembranças. Cabelos, nucas, bocas, pernas, braços, travesseiros, dobras. Quantos cheiros, meu Deus. Quantos cheiros. Abriu os olhos. Pagou o café. Saiu.

Lourenço sentou-se no último banco da composição. Ombros caídos, corpo pesado. Olhou para seus companheiros forçados de viagem. Todos balançavam na mesma cadência do vagão decrépito. Cada um mergulhado em seus pensamentos, reunidos por um breve instante naquela conexão férrea. Imaginou os dramas de cada um; linhas contorcidas, do nascimento à morte. Imaginou os pontos, no tempo e no espaço, do nascimento de cada um. Aquele deveria ser de Bombaim, sessenta e poucos anos; que caminhos teria percorrido até chegar ali? Tentou traçar sua linha de vida, partindo do litoral da Índia em, digamos, 1938 e serpenteando furiosamente pelo subcontinente. Indo e voltando de cidades, vilas, países, até atravessar o oceano e chegar ali. Imaginou a linha ficando mais suave à medida em que a vida do homem se estabilizava até virar um lento ondular, representando a monotonia da rotina, indo e vindo do trabalho e cruzando com outras tantas linhas naquele vagão. Quando e onde aquela linha chegaria ao fim? Pensou em sua própria linha de vida, iniciada no seio de uma família italiana tradicional. A luta de sua mãe para que ele se formasse. O pai trabalhando dia e noite para sustentá-los. Homem de inesgotável energia, sempre pronto a distribuir um afago ou carinho aos filhos. Apaixonado por operetas cujos discos comprava com grande dificuldade, à razão de um por ano. Sua outra paixão era a esposa, cabelos e olhos negros, pela alva e seios fartos. As faces coradas pela azáfama do cotidiano. Ambos mortos. Linhas cortadas, as pontas caídas em um ponto do passado.

Dele herdara o queixo quadrado, a barba cerrada e uma tenacidade de ferro. Da mãe herdara, além da inteligência e do fino senso de humor, os lábios delicados e sensuais. Esses atributos contrastavam com a genética paterna, fazendo de seu rosto uma combinação poderosamente atraente de homem e menino.

Os fios elétricos, ondulando vertiginosamente na parede do túnel pardacento, trouxeram seus pensamentos de volta para as vidas e suas linhas. Pensou na sua, se estendendo lentamente. Dois, cinco, oito anos. A linha se agitava... a bolada na vidraça do vizinho, o dente quebrado.... nove dez, onze... a linha se esticava até quase romper-se... a freada, o impacto, seu corpo voando e caindo inerte no asfalto. Ele alisou pensativamente a longa cicatriz oculta por seus cabelos. Quatorze, quinze... a linha vibrava com a adolescência... o primeiro beijo, o primeiro seio. Dezoito, vinte, vinte e cinco, trinta... voltas, puxões, guinadas. Baixou o olhar. Os bicos de seus sapatos luziam arrogantemente, contrastando com o chão desgastado do vagão. A textura suave do couro e o fino acabamento das costuras eram o testemunho do alto preço pago por eles. Esther lhes havia dado. Ela adorava comprar roupas. Aliás, tinha uma fascinação por coisas. Todas as coisas. Sapatos, canetas, cafeteiras, automóveis. Ele sempre fora observador mas ela, tinha olhos de águia. No início de seu relacionamento ele achara essa mania meio excêntrica. Ela tentara lhe explicar, em vão, que não se importava com as coisas em si mas com a poesia que havia nelas, com suas estórias, com o amor dedicado em criá-las. Ele nunca entendera aquilo. Que poesia poderia haver naquela maldita máquina de café expresso que ela tanto adorava? Levantou os olhos dos sapatos e lentamente deixou-os passear pelo vagão. Sentiu o ciúme encher-lhe as veias.

Esther. Como não sentir ciúmes dela? Sempre tão bela, tão segura. Tão próxima e tão distante qual a imagem dum espelho. Sentia ciúmes até da máquina de café.

Lembrou-se do dia em que as linhas de suas vidas se cruzaram.

Desde criança tinha o hábito de caminhar muito. Ia sempre ao mercado com o pai nas manhãs de sábado, se esforçando para acompanhar as largas passadas com suas pernas curtas. Mantivera o costume durante a vida adulta e, durante o verão, dava voltas no parque durante uma hora por dia. Com o passar do tempo identificou um padrão no comportamento das mulheres que caminhavam naquele horário. O sol já estava alto mas ainda longe do zênite e batia em cheio em quem caminhava pela pista externa. A moças, sempre ansiosas por se livrarem da palidez doentia do inverno, andavam ou corriam no sentido horário, pegando, a cada volta, pelo menos uns quinze minutos de sol no rosto e nos braços. O fluxo predominante de mulheres em uma direção lhe permitia escolher para que lado iria caminhar, optando entre o que se poderia convencionar "sentido peito" ou "sentido bunda".

Naquela manhã tinha escolhido o "sentido peito" e constatava satisfeito que havia tomado a decisão correta. As mulheres, meio ofuscados pelo sol, não se davam conta de seu olhar inquiridor e ele podia fazer suas considerações com tranqüilidade e em ótimas condições de iluminação. Sua pesquisa já durava uns bons quarenta e cinco minutos quanto viu, sob seus pés, uma sombra se aproximando. Fez um cálculo rápido e concluiu que a pessoa deveria estar a cerca de dois metros. Caminhavam em ritmos parecidos. Lentamente a sombra se aproximou. Ele resistiu ao impulso de se virar e olhar por cima do ombro. Concentrou-se numa loura peituda que se aproximava pela direita, gotículas de suor brilhavam em seu lábio superior, expressão compenetrada no rosto. Passou por ele, deixando atrás de si um túnel de cheiros, mistura de suor e perfume, um coquetel de feromônios que o distraiu por vários segundos. Quando deu por si a sombra já ia a sua frente, estava sendo ultrapassado por uma mulher que, ao contrário da maioria, caminhava pegando sol nas costas. Não pode ver seu rosto, oculto por uma massa ondulante de cabelos vermelhos. O corpo estava embrulhado em uma malha de ginástica super aderente. Ela parecia empacotada a vácuo.

Durante três ou quatro passadas ainda pode acompanhar-lhe a curva do seio direito sustentado por um robusto sutiã esportivo que lutava tenazmente para dar conta do recado. Deixou-a afastar-se alguns metros e apertou o passo. A malha preta era cortada na cintura por uma faixa laranja brilhante que atraía o olhar como um magneto, para depois deixá-lo cair sobre as ancas arredondadas. Terminando nos joelhos, a malha deixava a mostra pernas brancas e musculosas enfiadas em um par de tênis novíssimos. Completamente esquecido de que estava em um dia de "sentido peito" seguiu absorto aquela bunda. Aumentou um pouco o ritmo e colocou-se atrás da ruiva. Uma surpreendente lufada de perfume lhe envolveu. Caminhou como um perdigueiro seguindo a presa, melhor ainda, como um náufrago, nadando desesperadamente na esteira de um transatlântico. Os ombros, queimados de sol estavam pontilhados de sardas e a cada passada, oscilavam, se ocultavam e voltavam a surgir por entre os cachos vermelhos. Seguiu-a por toda a volta do parque, as vezes mais perto, as vezes mais longe, até chegarem aos bebedouros. Com um movimento elegante jogou seus cabelos sobre o ombro direito e inclinou-se para beber. Ele teve um lampejo de inspiração e ousadia. Aproximou-se e disse simplesmente: — "First"! Ela endireitou-se. — "Perdão"? — Eu disse "First", de Van Cleef & Arpels. Ela sorriu franzindo o cenho. Ele insistiu.— "É o perfume que você esta usando, não"?

Ela dirigiu-lhe um olhar penetrante. Estava vendo seu rosto pela primeira vez. Os cabelos ruivos emolduravam uma face ligeiramente oval, sobrancelhas largas e olhos de um tom castanho esverdeado difícil de definir. A boca rasgada exibia um sorriso branco com dentes perfeitamente alinhados e era encimada por uma levíssima penugem que brilhava de umidade.

—"Não, não é não"!

Mas era, ela admitiu, três meses depois.

Com o gosto do café ainda em sua boca, Esther voltou a caminhar rua acima. Apertou o passo, queria chegar antes do expediente começar. A conversa com Lourenço a tinha abalado e precisava por um pouco de ordem nos pensamentos. Tinha certeza de que a magnífica vista de sua sala iria lhe ajudar. Seguiu pela rua da Igreja, passos rápidos, saia justa, meias finas. Clac, clec, clac, clec, os saltos martelavam a calçada. Concentrou-se no suave roçar das coxas, uma contra a outra, separadas apenas pela fina espessura da seda. Um lugar mágico, infinitamente macio. Um encontro perfeito de texturas, dobras, carnes. Clac, clec, clac, clec. As mulheres, pensou, eram umas privilegiadas. Tinham uma riqueza de sensações que os homens jamais poderiam entender. Eles achavam o máximo sentar e coçar o saco displicentemente como se tivessem o Banco Central entre as pernas. Eram uns metidos, uns exibidos, uns coitados. Dinossauros, orgulhosos de suas carapaças e seus cérebros de castanha, inexoravelmente destinados a extinção. Clac, clec, clac, clec, dobrou na Liberdade contornou a praça até a rua Oeste. Olhou para o chão e viu sua sombra alongada, uma silhueta na calçada, um recorte de papel, não, uma sombra chinesa. Piscou os olhos e se lembrou de outra sombra, um dia de verão no parque, anos atrás.

Estava estreando um novo par de tênis e uma malha de *spandex*. Tinha começado bem o dia, animada com a luz do sol que, naquela época do ano, ia adquirindo uma cor dourada, emprestando a tudo um tom quente e acolhedor. Tomou banho, um leve café, vestiu-se. Pingou duas gotas de seu perfume predileto e foi para o parque. Já caminhava havia uns bons quarenta minutos quando o viu. Estava uns seis metros a sua frente, andando um pouco mais devagar. Cabelos pretos, nuca branca. Calculou sua altura em um metro e oitenta e cinco. Alto, mas não demais. Ombros largos, solidamente encaixados em um tórax triangular. Hmmm, bom. À medida que se aproximava, os detalhes começavam a aparecer. Bunda firme, espremida em uma bermuda de lycra preta. Bermudas de lycra preta eram sempre uma ambigüidade, pensou. O dono podia ser um cara que não dava bola para modismos e só queria algo que lhe firmasse as partes ou então um boiola a fim de leiloar os glúteos malhados. Concentrou outra vez sua atenção na nuca. Adorava nucas, podia-se aprender muito com elas. A dele parecia ter sido raspada a pouco, os fios de cabelo, muito pretos, apenas começavam a despontar formando um pequeno redemoinho na base e fazendo um delicioso contraste com a pele branca. O pescoço era forte, sem ser bruto e sustentava com elegância uma cabeça bem proporcionada. Agora estava bem atrás dele, que parecia prestar toda a atenção numa loira siliconada que vinha em sentido contrário. Aproveitou a distração para dar uma boa olhada em seu perfil. Queixo sólido, barba cerrada, nariz reto. Num último relance, antes de ultrapassá-lo, viu seus lábios, carnudos e suaves. Hmmm. Seguiu em frente, terminou a volta e parou em frente ao bebedouro, jogou seus cabelos sobre o ombro direito e inclinou-se para beber. — First! Ela endireitou-se. Olhou para trás, era ele. — Perdão? — Eu disse "First" , de Van Cleef & Arpels. Ela sorriu franzindo o cenho. Ele insistiu.— É o perfume que você está usando, não?

Esther dirigiu-lhe um olhar penetrante. Não se enganara. De fato era lindo. Queixo quadrado, a barba cerrada, lábios delicados e sensuais que contrastavam com o resto, fazendo daquele rosto uma combinação poderosamente atraente de homem e menino.

Sorriu para disfarçar o espanto, surpreendera-lhe o tom aveludado da voz.

—"Não, não é não"!

Mas era, ela admitiu, três meses depois.

Clac, clec, clac, clec, passou em frente ao hotel e seguiu praça adentro rumo a entrada principal do prédio. Atravessou o saguão feericamente iluminado e parou em frente ao elevador expresso. Um grande relógio, na parede oposta, marcava oito e vinte e oito. Àquela hora o movimento ainda era pequeno, poucas pessoas circulavam e não havia filas. Com um suave "ding" as portas se abriram e ela entrou, acompanhada de mais três gatos pingados. "Ding"! Esther sentiu a aceleração do elevador atuar sobre seus seios. Era um dos seus pequenos prazeres secretos, que ela chamava de "bolinação gravitacional". Quarenta e dois, quarenta e três, hmmm... a desaceleração tinha o efeito inverso, espalhando uma leve vertigem por suas entranhas, ding, quarenta e quatro. Todas as manhãs a mesma rotina, trocava de elevador no primeiro terço do edifício e outra vez no septuagésimo oitavo andar. Certa vez lera que um sistema de elevadores expressos havia sido desenvolvido especialmente para aqueles prédios. Afinal eram 198 elevadores e se todos eles fossem do térreo ao topo, a metade do edifício seria usada só para acomodá-los. Nonagésimo primeiro andar, ding.

O avião fez uma curva apertada para a esquerda e perdeu altitude. O piloto olhou atentamente as várias fileiras de instrumentos. Tudo parecia normal. Ele puxou a manete de potência uns três centímetros para trás e manteve a rampa de descida até atingir mil pés de altitude. Nivelou o aparelho e voltou a acelerar. Àquela velocidade deveriam chegar ao destino em cerca de quinze minutos. Que irônico, pensou ele, "chegar ao destino". Ele era o próprio destino. Anos de planejamento, estudo, treinamento e determinação. Uma fortuna havia sido gasta para colocá-lo naquela cadeira, naquele avião, naquele momento. E ele cumpriria sua missão, estava escrito.

Lourenço voltou a pensar em sua vida. A partida de Esther tirara-lhe o chão. Não esperava por isso. Tentou fazer uma autocrítica. Sim, ele era ciumento e possessivo até o limite da racionalidade. Mas e ela? Esther era uma mulher impossível! Impossivelmente bela, impossivelmente independente, impossivelmente segura. Ele odiaria confessar mas os atributos que mais amava nela, também eram os que mais temia. Ele, que havia sido criado para ser o que seu pai costumava chamar de "um homem de verdade", sentia-se solapado por aquele monumento de mulher. Era como se sua simples presença fosse suficiente para amolecer-lhe as pernas e dissolver-lhe as vontades. E ele tentara compensar o tremendo poder que ela exercia, simulando uma frieza e insensibilidade que não queria e não podia realmente ter. Tentou oprimir e controlar aquele amor, aquela mulher. Foi como tentar agarrar uma linda bolha de sabão com as mãos. Vão e inútil. E ela partiu. Clac, clac, clec, o sacolejar dos trilhos o trouxe de volta a realidade. Sentiu o peito oprimido, tinha que sair dali. Parou na estação seguinte e subiu correndo as escadas.

Atravessando o corredor luxuosamente decorado, Esther entrou em seu escritório e foi direto para a mesa de trabalho. O monitor já brilhava suavemente, solicitando, com a gentil insistência das máquinas, que ela digitasse sua senha. Ela deixou-se afundar na cadeira e respirou fundo. O ar frio e seco da manhã foi sendo substituído pela atmosfera controlada do edifício. Ela olhou ao seu redor, ali tudo fora feito pelo homem, pensou. A sala, cuidadosamente arrumada, era um tributo ao seu bom gosto e aos anos de trabalho e dedicação à firma. Ali, tudo fora feito pelo homem, repetiu para si mesma, até mesmo a magnífica vista de sua janela, estendendo-se por dezenas de quilômetros, confundindo-se, já quase no horizonte, numa bruma azulada. Voltando-se para o monitor, digitou sua senha e a tela iluminou-se com um menu de opções. Conferiu a hora, oito e quarenta e cinco, ainda tinha quinze minutos. Reclinou-se e varreu o horizonte com o olhar. A vastidão lembrou-lhe de Lourenço e sua metáfora de vidas e linhas. Para onde seguiria a sua? Tantas possibilidades, tantos caminhos. Seus olhos se detiveram em um minúsculo ponto brilhante, ligeiramente acima da linha do horizonte, ela continuou a divagar. O rompimento com Lourenço seria definitivo? A simples possibilidade de voltar a vê-lo lhe dava calafrios. Fizera um esforço enorme para decidir-se a deixá-lo e agora tinha que resistir a qualquer tentação de retornar. É claro que havia prometido voltar, mas quando e como eram questões que ela ainda teria muito tempo para ponderar. O ponto brilhante cresceu rapidamente e trouxe Esther de volta. Ela franziu o cenho e observou. O ponto transformou-se em um pequeno disco prateado e desceu abaixo do horizonte, agora flutuando ligeiramente acima da linha dos edifícios. O que diabos seria aquilo? Um ovni em plena cidade numa manhã de terça-feira? Não pôde deixar de sorrir ao lembrar-se da famosa frase que povoara a infância de todas as crianças de sua geração: "Será um pássaro? Será um avião? Não! É o Super-Homem!". Ela continuou a olhar. Não, não era o Super-Homem e muito menos um pássaro! O disco agora tinha prolongamentos laterais prateados, era um avião. Esther apoiou as mãos espalmadas sobre a mesa e levantou-se lentamente, olhos fixos no objeto, como se aquele ato fosse esclarecer o mistério. Era um jato, um avião a jato!

Lourenço olhou para cima tentado localizar a fonte do ruído que abafava o trovejar do tráfego e não pode acreditar em seus olhos. Um avião passou rugindo por sobre sua cabeça, pouco acima dos prédios mais altos. Ao seu redor a pequena multidão que saia do metrô também parara, cabeças seguindo o aparelho, nas bocas apenas interjeições de espanto. O avião voava a baixa velocidade, as asas oscilando suavemente, como se estivesse incerto do rumo que deveria seguir. Continuando em sua trajetória titubeante para o sul, rumo a ponte e a extremidade da ilha. A visão daquele monstro de metal que, de tão próximo dava a impressão de se poder agarrar com a mão era, ao mesmo tempo, aterradora e divertida. Todos ficaram estáticos, apenas cabeças se moviam em momentânea sincronia.

O piloto viu seu alvo crescer no horizonte. Tinha reduzido a velocidade do aparelho para meros 400 quilômetros por hora. Não queria que uma turbulência imprevista ou manobra brusca pusesse em perigo a operação tão longamente planejada. Reduziu um pouco mais a altura, a mão direita segurando firmemente a manete do acelerador. Os ouvidos, treinados pelas longas horas no simulador, reconheceram o silvo das turbinas em baixa rotação. Alarmes de velocidade e altitude começaram a soar insistentemente. Com movimentos rápidos desligou um por um, não queria que nada perturbasse sua concentração. Conferiu mais uma vez a indicação de combustível dos tanques, tinha quase noventa mil litros de querosene aeronáutico, ótimo, pensou, iria precisar de cada gota. O alvo aproximava-se rapidamente. Ele havia treinado aquela manobra centenas, talvez milhares de vezes mas agora não havia nenhum espaço para erros. Teria apenas uma chance e não poderia falhar.

Esther contornou a escrivaninha e caminhou até a parede envidraçada, como se sua transparência pudesse clarear o absurdo da situação. Apoiou as mãos contra as maciças colunas de aço, separadas por pouco mais de meio metro e ficou observando. Jamais poderia imaginar que estava acompanhando os últimos segundos de uma era e que o instrumento da mudança voava diretamente em sua direção.

Agora o piloto vê o alvo claramente a sua frente. As duas imponentes torres de aço e vidro erguem-se desafiando a gravidade e fazendo pouco da pequenez humana. Mas isso está para mudar. Sua boca seca, seu coração aos pulos. Ele faz pequenos ajustes na trajetória, dando toques suaves no manche e nos pedais. Certifica-se da exatidão do rumo, respira fundo e empurra a manete dos aceleradores toda à frente, até o final de seu curso. Instantaneamente os computadores de bordo começam a discutir entre si, interpretando aquela estranha ordem. Consultam listas de contingências guardadas em bancos de memória, verificam rotinas de procedimentos e todas as eventualidades que seus programadores puderam incluir mas não parece haver precedentes. Após longa fração de segundo concluem que o comandante está enfrentando alguma emergência extrema e decidem dar a ele o que pede. Potência máxima em todos os motores. As bombas injetam enorme quantidade de combustível nas turbinas e o avião é lançado para frente com uma força de sessenta toneladas. A aceleração é brutal. Todos a bordo afundam em suas poltronas. O que não está firmemente preso voa pela cabine, incluindo comissários de bordo, passageiros e seqüestradores. O ruído é ensurdecedor. A súbita aceleração faz o nariz do avião subir. Atento, o piloto empurra levemente o manche para compensar a elevação. O alarme de colisão iminente irrompe na cabine, a voz sintética repete num tom de calculada de urgência: "suba! suba! suba!" Ele ignora a ordem da máquina. Um último movimento para a direita faz com que as asas se inclinem, para atingir a maior área possível. À frente ele vê agora apenas seu destino, estava escrito e vai se cumprir. Aperta ferozmente as mão em torno do manche, fecha os olhos e grita.

Duzentos metros abaixo um jovem cinegrafista filma um grupo de bombeiros verificando um vazamento de gás de rua. Está produzindo um documentário sobre bombeiros novatos. Ele segue os movimentos do bombeiro que verifica emissões junto a um bueiro. Uma mistura de silvo e rugido se sobressai nos seus fones. Sem parar de gravar ele tira o olho do visor, gira a cabeça para a direita e para a esquerda tentando identificar a fonte do ruído. A reverberação do som nos prédios dificulta sua localização. De repente vê um avião se aproximar a baixíssima altura. Quase como por reflexo leva a câmera ao ombro seguindo a trajetória da aeronave. Ela voa direto para o arranha-céu, durante frações de segundo desaparece atrás de alguns prédios mais baixos, ressurge por um último instante e então mergulha, como uma adaga prateada, na lateral do edifício.

Lourenço não consegue respirar durante vários segundos. Seu corpo está paralizado. Em choque vê o avião dirigir-se para o sul, diretamente para o prédio mais alto e chocar-se com ele. No instante seguinte uma gigantesca bola de fogo irrompe no ponto do impacto e engolfa o topo do edifício. O reconhecimento do lugar o atinge como um raio: é o prédio onde Esther trabalha. Seus pés parecem pregados ao chão. O ar fugiu-lhe dos pulmões. Ele luta para respirar. Lentamente os sentidos recomeçam a funcionar. Ao seu redor, as pessoas choram, gritam, imprecam ou simplesmente olham, com as mãos cobrindo a boca, como se tentassem impedir que as próprias entranhas saltassem de seus corpos.

Esther mergulhou numa espécie de sonho. O próprio tempo parece dilatar-se e escorrer como mel frio. Ela torna-se consciente das batidas de seu coração. Tum! O avião se aproxima. Tum! Ela pode ver o sol brilhando na fuselagem polida. Tum! Lourenço. Tum! O cheiro do café. Tum! Os pára-brisas refletem o azul do céu. Tum! As linhas de vida. Tum! Ela leva uma quase eternidade para encher os pulmões. Tum! As turbinas parecem bocas negras, desdentadas, monstruosas. Tum! Ela coloca as mão espalmadas sobre o vidro, tentando conter o fluxo do tempo. O avião se inclina para a esquerda, é enorme. Tum! Tum! Um risco prateado passa sobre ela.

As 179 toneladas do jato atingem em cheio o edifício. A velocidade e a aceleração multiplicam este peso mil vezes. Ele estremece de cima a baixo, vibrando como um gigantesco diapasão golpeado por um martelo. Incrivelmente, se mantém de pé. A estrutura, projetada na década de 60 era diferente de tudo que fora feito até então. Basicamente um tubo oco com paredes formadas por colunas de aço de quarenta e oito centímetros espaçadas em meio metro. Esse desenho, além de conferir enorme resistência estrutural, dava ao prédio a estranha aparência de uma edificação sem janelas.

O mundo pareceu explodir ao seu redor. A parede de vidro contra a qual se apoiava empurrou-a para trás com incrível violência. O piso, dando a impressão de estar subitamente liqüefeito, ondulou e lançou-a para o alto. Esta combinação de movimentos fez com que Esther voasse por sobre sua mesa atravessando o escritório e indo estatelar-se contra uma divisória que lhe amorteceu a queda. Uma mistura indescritível de ruídos golpeou seus ouvidos. Desmaiou. Do lado de fora a bucólica paisagem havia se transformado numa janela para o inferno.

Os milhares de litros de combustível se vaporizaram com o impacto e explodiram dentro do prédio, espalhando morte e destruição instantânea por pelo menos dez andares. A violência do impacto propagou-se pela estrutura metálica do edifício desagregando paredes, arrancando portas, rompendo tubulações por todos seus 110 andares. Do topo até o subsolo tudo foi revirado. Sistemas automatizados de emergência tentaram reagir, mas os danos haviam sido grandes demais. No ponto de impacto todas as conexões haviam sido rompidas. O prédio sangrava indefeso, fora ferido de morte.

O cinegrafista mal pode acreditar no que vira; ao seu redor os bombeiros gritaram palavrões de pura incredulidade. Quase imediatamente puderam ser ouvidas sirenes se deslocando para o local. A cidade reagia. Ele e seus companheiros pularam para o caminhão e correram para o que viria a ser conhecido como "ground zero", uma merecida referência ao local onde explodira a bomba de Hiroshima, 56 anos antes.

Lourenço, parcialmente recuperado do choque inicial, começou a andar para o sul. Não conseguia desviar os olhos do prédio que agora vomitava grossos rolos de fumaça negra.

Tinha a sensação de que, se perdesse o contato visual com ele, perderia também a última chance de rever Esther. Correu.

Recobrando os sentidos Esther tentou se levantar. Estava coberta de entulho. Olhou ao seu redor, o escritório estava irreconhecível. Luzes apagadas, móveis revirados e o forro do teto em frangalhos. Um cheiro de querosene empestava o ar. Apoiou as mãos no chão tentando verificar se era ela ou ele que tremia. Era ele. Deixou-se recostar na divisória por alguns instantes para recuperar plenamente os sentidos e entender o que havia acontecido. Aparentemente o avião havia-se chocado com o prédio alguns andares acima do seu. Ela se deu conta da sorte que tivera. Nos segundos finais, antes do impacto, pensara que o avião voava diretamente para sua janela. Tinha que sair dali. Sua sorte não ira durar para sempre. Num ato reflexo procurou pela bolsa. Encontrou-a num canto, emaranhada com os restos da cadeira onde estivera pendurada. Aproximou-se da vidraça que, incrivelmente, permanecera intacta e olhou para cima. A visão era aterradora. Enormes rolos de fumaça saiam do prédio. Fragmentos de todos os tipos de material voavam ao redor junto com folhas de papel e documentos. Algo passou perto numa queda vertiginosa. Não pode identificar o que era, viu apenas uma mancha de cor passando. E outra, e mais outra. Por uma fração de segundo acompanhou a queda da mancha seguinte, reconheceu braços e pernas se agitando no vazio. Eram pessoas, meu Deus! Pessoas estavam saltando do prédio. Não pode sufocar um grito de horror.

Virou-se e correu para a porta, parou. Tentou recuperar o sangue-frio e lembrar dos treinamentos de emergência. Desde o atentado à bomba de 93, a cada seis meses o prédio era evacuado numa simulação de incêndio. Tocou a porta com as mãos, estava fria. Girou a maçaneta e empurrou. Empurrou com mais força. O abalo na estrutura tinha empenado o batente. Bateu chamando por socorro mas não obteve resposta. Tentou pedir ajuda pelo telefone, estava mudo. Vasculhou a bolsa a procura do celular. Encontrou, olhou para o visor, o relógio mudou de 9:02 para 9:03 e o chão voltou a tremer. Mais suavemente desta vez. Um segundo depois as vidraças trovejaram. Era outra explosão mas parecia vir de fora do prédio. Ligou para o número de emergência. A voz que lhe respondeu já parecia saber do que se tratava. Sim, sua torre havia sofrido o impacto de um avião, sim as equipes de emergência estavam a caminho e ela seria resgatada em breve, ficasse calma, etc. Desligou, sentou-se e começou a chorar.

Lourenço ainda tinha os olhos fixos nas torres quando o segundo avião se aproximou. Vindo do sul fez uma curva fechada para a direita e desapareceu atrás da torre norte. Ele parou de correr. No instante seguinte outra bola de fogo envolveu a torre sul. Era o apocalipse. Lourenço sentiu seus joelhos amolecerem e caiu na calçada. Sua cidade estava sendo bombardeada. O mundo estava acabando. O país estava sendo atacado. Não era mais capaz de pensar de forma coordenada. A rua virara um pandemônio. Todos gritavam e choravam.

O cinegrafista estava no interior da torre norte quando o segundo avião atingiu a torre sul. Os destroços, junto com pedaços de corpos e as entranhas do prédio choveram do lado de fora. Ele filmava a atividade frenética das equipes de resgate. Bombeiros de toda a cidade e de cidades vizinhas chegavam sem parar, somando-se as equipes de emergência médica e policiais. No átrio os 83 mecânicos responsáveis pela manutenção e modernização do sistema de elevadores discutiam um plano para libertar os passageiros presos.

Lançando todo o peso de seu corpo Esther conseguiu abrir a porta. O cenário era de devastação total. O chão estava inundado pela água dos encanamentos rompidos e do sistema de prevenção de incêndios. Todos os materiais de acabamento haviam se soltado e espalhado pelo chão, misturando-se com o forro do teto. Na escuridão que se prolongava pelo corredor adentro luzes de emergência brilhavam palidamente. Não havia mais ninguém. Esther enfiou a mão na bolsa e tirou uma pequena lanterna que Lourenço, sabedor de seu gosto por objetos de bom design e seu medo do escuro, havia lhe dado de aniversário. Lourenço, pensou. Naquele momento todas as brigas, discussões e rusgas pareciam sem sentido, sem importância, menores. Que maneiras a vida encontrava para colocar as coisas em perspectiva! Girou a ponta da lanterna até seu facho de luz se concentrar em um foco preciso e foi tateando pela parede rumo as escadas de incêndio. Acima de sua cabeça podia ouvir o rugido das chamas que consumiam os andares superiores. Quando abriu a porta que dava acesso as escadas surpreendeu-se em encontrá-las vazias. Não se surpreenderia se soubesse que, acima de seu andar, absolutamente ninguém havia sobrevivido a colisão. Por elas corria um rio de água suja, fedendo a querosene. Esther começou a descer pelo lado direito, costas da mão na parede, olhar atento. Tinha prestado muita atenção as palavras do tenente bonitão do corpo de bombeiros e agora elas poderiam salvar-lhe a vida. Sabia que se tocasse um condutor eletrificado com a palma da mão seu reflexo seria de agarra-lo e morreria eletrocutada. Mas se o fizesse com as costas da mão, a contração involuntária simplesmente a afastaria para longe do perigo. Tentou manter um ritmo, felizmente as caminhadas no parque tinham deixado suas pernas em forma. Passados alguns minutos começou a escutar estalos e rangidos, como se alguém partisse um maço gigante de espaguete. Eram ruídos de falha estrutural, pensou.

Logo que fora trabalhar lá, Esther estudara longamente a história daquelas que tinham, um dia, sido as maiores torres do mundo. Sabia que no topo de cada edifício existia uma enorme massa de 600 toneladas usada para contrabalançar a ação dos ventos de altitude. Essas massas moviam-se por meio de sofisticados mecanismos de controle hidráulico, opondo-se sempre a inclinação da torre, mantendo seu centro de gravidade estável. Agora essas massas deviam estar gerando um enorme estresse na estrutura danificada. O avião deveria ter fraturado um número importante de colunas externas de sustentação e certamente tinha atingido o núcleo de aço reforçado. A cada passo que dava sentia o chão estremecer e balançar. Aquele prédio iria desabar, era só uma questão de tempo. Na escuridão, o facho da lanterna projetava um pequeno mas nítido disco de luz brilhante, Esther começou a ouvir vozes. Manteve seu ritmo até encontrar dois homens descendo as escadas, um amparando o outro. O braço esquerdo de um deles pendia inerte ao lado do corpo, a mão virada numa posição impossível denunciava a fratura. Eles pararam e olharam para ela. -Tudo bem? Perguntou, assustando-se com o som da própria voz e dando-se conta do absurdo da pergunta. –Precisam de ajuda? Complementou com mais propriedade. –Não. Respondeu o do braço quebrado. – Estamos bem. –Vá em frente.

À medida que descia, ia encontrando mais e mais pessoas, algumas horrivelmente queimadas, outras em choque, mas todas tentando sair dali o mais rápido possível. Pelo lado esquerdo subiam bombeiros e paramédicos já extenuados, carregando dezenas de quilos de equipamentos. Ela resolveu calcular seu ritmo descida. Estava levando cerca de vinte segundos por andar, isso dava três andares por minuto, como acabara de passar pelo sexagésimo segundo andar, deveria levar mais uns vinte minutos descendo. Conferiu o relógio do celular, 9:37.

Lourenço levantou-se, firmou as pernas ainda meio bambas e tentou pensar com calma. No momento do primeiro impacto imaginara que tinha presenciado uma colisão acidental mas agora sabia que não poderia ser um acaso. A cidade estava sob ataque. Mas como aquilo seria possível? Jatos inimigos jamais chegariam até ali! E depois, o avião que ele vira passar era um jato comercial e não um caça ou algo parecido. Voltou a pensar em Esther. Não poderia deixar essa linha se partir.

Tinha que chegar até ela. Tinha que saber se estava bem. Olhou o relógio, 9:37, mesmo correndo demoraria cerca de quarenta minutos até lá. Decidiu pegar o metrô e voltar à mesma estação, isso deveria cortar o tempo pela metade.

No átrio o cinegrafista continuava gravando a confusão de pessoas saindo, gritando, correndo. Mais do que as imagens, os sons são impressionantes, rádios e intercomunicadores crepitam sem parar, oficiais berram ordens para suas equipes, por toda a parte ouvem-se estalos e rangidos e o mais terrível de tudo: pode-se escutar o som dos corpos batendo contra o concreto do lado de fora. Ele move a câmera num círculo tentando captar toda a área e detém-se na escada de incêndio número 7 por onde sai uma torrente de pessoas. Fecha no portal e acompanha uma ruiva alta carregando uma minúscula lanterna que acaba de sair. Ela para no meio do átrio, enfia a mão na bolsa remexe um pouco e tira um telefone.

Lourenço emerge da estação aos pulos. Atravessa a rua correndo e para em frente ao café, estrategicamente situado numa esquina de grande movimento. Em frente a ele, na calçada, um termômetro quebrado marcava trinta e oito graus.

Após um tempo que lhe pareceu interminavelmente longo ela chega ao fim da escadaria. Suas pernas estão trêmulas de exaustão. Seu coração aos pulos mas está salva. Salva! Caminha até o centro do átrio e procura o celular, quer ligar para Lourenço! Quer ouvir outra vez o som de sua voz. Quer sentir de novo seu abraço. Ela remexe o fundo da bolsa e pega o telefone. Olha para o relógio, 9:59, seu cálculo de descida fora exato, pensou. Respirou fundo e pressionou uma tecla e aguardou.

As colunas de aço da torre sul, aquecidas a quase dois mil graus pelas chamas, finalmente perdem a resistência e cedem. A massa no topo do edifício afunda e cai sobre a primeira laje que, incapaz de resistir, também desaba sobre a próxima numa reação em cadeia. Milhões de toneladas de aço, vidro e concreto implodem, levando tudo consigo. Os destroços em queda destroem os prédios menores e mergulham tudo numa espessa nuvem de poeira e milhões de folhas de papel.

O tremendo deslocamento de ar joga o cinegrafista no chão. As vidraças do átrio explodem deixando entrar uma torrente de estilhaços, poeira e entulho. Ele permanece deitado. Após alguns segundos o silêncio é aterrador e a escuridão total. Tudo está encoberto pela poeira. Alguns centímetros à sua frente um tênue brilho esverdeado chama sua atenção. Ele estica o braço e toca o pequeno objeto, é um telefone. Limpa o visor com o polegar. A palavra "chamando" está acesa.

Na distância o impensável, a torre se desfaz numa imensa nuvem de poeira. Lourenço para de correr. Sente o telefone vibrar em seu bolso. Segura-o trêmulo e olha.

'Esther', piscava insistentemente o pequeno visor, 'Esther'. 'Esther', piscava insistentemente o pequeno visor, 'Esther'. Ele olhou para aquele pedaço de plástico, aninhado na palma de sua mão. Ao seu redor, trânsito e passantes rugiam num diálogo infernal. Os trinta e oito graus que o termômetro da calçada marcava, não traduziam o frio que agora lhe enchia o peito. Olhar fixo, coração aos saltos. 'Esther', piscava insistentemente o pequeno visor, 'Esther'.

O REINO DA TERRA

SUSANA M. DOBAL JORDAN

'Esther', piscava insistentemente o pequeno visor, 'Esther'. 'Esther', piscava insistentemente o pequeno visor, 'Esther'. Ele olhou para aquele pedaço de plástico, aninhado na palma de sua mão. Ao seu redor, trânsito e passantes rugiam num diálogo infernal. Os trinta e oito graus que o termômetro da calçada marcava, não traduziam o frio que agora lhe enchia o peito. Olhar fixo, coração aos saltos. 'Esther', piscava insistentemente o pequeno visor, 'Esther'.

'Esther' – por qual estranha metamorfose a palavra 'obsessão' tinha se transformado naquelas seis letras que agora piscavam no visor do seu celular com a frieza de uma cega insistência? Letras digitais, mas nas atuais circunstâncias 'digitais' não remetia a algo virtual mas a dedos, dedos das mãos, mãos num corpo, um só corpo que tinha tomado o seu numa possessão involuntária e avassaladora. 'E-s-t-h-e-r': seu paraíso, seu inferno, sua, só dele, ele dela, ela, ela. Ele todo pra ela. Ele desesperadamente dela e ela apenas piscando no visor. Muito calor e muito frio.

Mas não respondeu. Em parte porque achava que não era o momento apropriado, muito sol, ele não estava preparado para dar as respostas convenientes. Em parte por pura perversão, afinal, ela devia sofrer como ele sofria. De uma forma ou de outra, sabia que Esther não ia desistir do jantar que ia fazer para os dois, então melhor democratizar a angústia, cada um que viva a porção que lhe cabe da ansiedade de que o outro não sinta sequer o temor de não ser amado. Em parte ainda porque tinha medo, muito medo, um medo profundo que espalhava seus tentáculos por todo o seu ser, o medo de não mais ser dono de si mesmo, como de fato já não era. Contra isso, havia soluções: não responder o telefone era uma delas, entreter-se até a hora do jantar com possíveis desvios era outra. Quem sabe num desses percursos ele não terminaria roubado para outra história menos arriscada, uma história que lhe permitisse manter alguma leveza, entregar-se a um generoso gozo e sair totalmente imune ? Deixou a mensagem de Esther cair na secretária eletrônica e lembrou-se então de Helena. Com ela Lourenço voltaria a si e encontraria o escudo protetor para o jantar mais tarde.

Esther quis desligar o telefone com displicência. Deixar mensagem já é demais, afinal era só pra saber se ele prefiria mousse de maracujá ou bolo de chocolate com chantilly pra sobremesa. Devia ser só pra isso mas na verdade não era, era pra saber por onde ele andava porque ela tinha se tornado uma criatura ciumenta, doentiamente ciumenta, ela sabia, ela se condenava, ela se torturava, mas nada adiantava. Ele não lhe inspirava a menor confiança e sua intuição não podia estar errada. Era preciso no entanto respirar fundo, repetir-se que de nada adiantaria entregar-se a elucubrações perigosas, e procurar manter os pés no chão, sem subir nas paredes, por mais opressivas que as paredes domésticas pudessem se tornar. A cozinha e toda a alquimia culinária seria o seu antídoto; o banquete para dois a manteria ocupada, afinal, era só começar que toda aquela metamorfose orgânica logo se transformava em algo por demais envolvente.

Helena pareceu-lhe promissoramente receptiva. Chegou mesmo a sentir um certo tremor antecipatório na sua voz quando ela disse 'Vem', respondendo ao seu convite de passar na sua casa para discutirem alguma questão do trabalho, que sabiam, irrelevante. Tão fácil a receptividade dela que ele resolveu criar algum obstáculo, introduzir algum suspense. É que ia ter que passar antes na oficina para buscar o carro, que certamente estaria pronto, não é possível que não estivesse, por volta das três deveria estar livre, ligaria pra ela antes de ir. Ela reagiu com uma resposta monossilábica, talvez tivesse sido uma manobra inadequada, enfim, agora já estava feito. Lourenço teria que achar o que fazer até as três. Sentou-se num bar e bebeu pensando na vida, nas pessoas passando, no vazamento do apartamento que tinha que ser consertado, no imposto de renda a ser preenchido e no comprovante de rendimentos que não sabia onde estava, no copo que não parecia muito limpo, no conserto do carro que tinha mesmo que ser mandado pra oficina, no filme que tinha visto, e em tudo estava, em off, numa transparência sobreposta, em letras insinuantes, Esther. Sentiu a bebida invadir o seu corpo, afrouxando amarras, mas apenas um pouco, apenas o suficiente para deixar a presença de Esther ir tomando a verdadeira dimensão que tinha nos seus pensamentos, ir saindo do segundo plano e vindo para o primeiro, o corpo pequeno dela enlaçando-se ao seu, seus gestos ternos que o amoleciam, suas palavras às vezes duras que o desestruturavam. Esther era como aquele sol tropical e intenso, luminoso demais, quente demais, do qual se tenta fugir em vão, pois depois de um dia vem outro, e o céu está sempre deserto de nuvens. Helena seria uma nuvem passageira, sem culpas, não havia espaço para culpas no seu dia relativamente atarefado, seu sangue era "*O*" negativo, um doador universal trazendo felicidade para as *ladies*, procurando ao mesmo tempo manter as suas muralhas erguidas, ainda que nem sempre com sucesso absoluto. Deu um gole final e riu de suas conclusões de touro leviano.

Tocou a campainha da casa de Helena sem ter ligado antes.

Esther começou então por cortar a cebola, porque isso lhe pareceu mais apropriado ao seu estado de espírito. Deveria ser possível inverter a ordem das relações amorosas e começar não com o júbilo, mas com as lágrimas. Primeiro o casal se encontraria e seguiriam uma cerimônia do luto, o luto pelo que deixavam pra trás, o luto pelas dores possíveis que se seguiriam. Essa era a sua reflexão enquanto pressionava a faca para cortar as finas camadas da cebola, espalhando no ar um invisível ardor sentido nos olhos. O casal então, no ritual inicial, choraria junto pelo que foram, pelas expectativas frustradas, pela face oculta de um ou de outro que terminaria por se revelar com o passar do tempo e que causaria primeiro um distanciamento, depois uma dolorosa e fatal ruptura. A cebola descascada indefinidamente vai dar em nada, como já dizia Machado de Assis numa metáfora sobre a vida. Esses pensamentos sombrios, no entanto, jamais impediram alguém de tapar os olhos e seguir em frente. O ritual da dor, no auge do choro compulsivo, iria se transformar então em riso compulsivo. Cebola na manteiga quente: primeiro o estardalhaço anunciatório – chchchchchchchchchch..... – depois em meio ao calor intenso ela muda de natureza, em vez daquele ardor, a cebola vai se adocicando, dourando-se, amolecendo, sendo revirada para um bronzeamento homogêneo. Depois o leite por cima, para preparar um untuoso molho branco. Sim, todas as lágrimas com certeza valem a apoteose amorosa, a questão era apenas terminar com um final feliz, afinal, ingênuo ou não, é sem dúvida melhor terminar rindo do que chorando. Mas essa inversão infelizmente tinha a mesma falsidade das lágrimas que agora escorriam pelos seus olhos ainda sob o efeito da cebola, enquanto ela ia derretendo a maizena no leite. Maizena diliuindo-se no leite para depois aquela mistura diluir-se na outra mistura, e, sob fogo brando, transformarem-se. Lourenço fazia dela pó no leite, virando outra, reconhecendo os seus limites e vendo uma a uma as barreiras desmoronarem. Ela então prosseguia movida pelo frêmito da aventura, porém assombrada pelo pavor de um repentino desamparo. Enfim, a receita estava aberta sobre a mesa, o roteiro estava escrito, as variações eram possíveis. Há receitas simples e receitas complexas, uma ou outra o resultado final não é totalmente garantido, pois cabe a cada um interpretar o que está escrito e realizar a sua obra. Com ardor.

Foi com ardor que ele tocou a campainha, mas Helena parecia uma criatura etérea. 'Já?! Você disse que ia ligar...' ela falou ao abrir a porta de dentro da sua roupa de ficar em casa, num leve e suave desleixo, de calça de malha ligeiramente puída e blusa branca colada ao corpo, o corpo que ele logo quis desvendar. Por estranhas e remotas associações e inversões, ele mais tarde traria espontaneamente o assunto roupa e comentaria, como quem não estivesse ainda habituado àquela nova pele, que sua mãe tinha lhe dado a blusa pólo que estava vestindo. Helena jamais pintaria as unhas de vermelho, como Esther, porque tudo nela era claro, Iemanjá de vestido azul, era aquele abrigo calmo que ele precisava. Mas Iemanjá ou não, Lourenço precisava também agarrar tudo com as mãos. Começaram por sentarem-se respeitosamente no sofá, um em cada extremidade, e conversaram sobre amenidades por algum tempo. Depois Helena lembrou-se de oferecer algo para beberem, água, suco, cerveja, ela parou por ali porque o dia estava muito claro e parecia cedo para algo mais forte. Como o sofá prendia os dois em extremos dos quais Lourenço não sabia ainda como se libertar, ele achou que aquela poderia ser uma boa oportunidade para mexer no tabuleiro. Aceitou então um suco de uva. Helena flutuou até a cozinha enquanto Lourenço afundado no sofá varria com os olhos os objetos da sala, pressionado com o peso do corpo ansioso. Ela finalmente voltou trazendo em cada mão um copo com porções de um líquido vermelho escuro.

Os pós mágicos que saíam de dentro de anéis e pingentes seriam uma lenda ou seriam mesmo verdade ? A idéia não deixava de ser sugestiva, pois poderia ter adquirido força como uma eficiente metáfora sobre o poder do alimento. Enquanto preparava o tempero da salada, o tempero que deveria ficar curtindo com o tempo para permitir que os sabores se confundissem melhor, Esther ia imaginando coisas. E se a pimenta do reino moída na hora fosse na verdade um pó com poderes de colocar Lourenço definitivamente sob o seu sortilégio ? Toda a força da idéia das porções mágicas vinha da ambigüidade ao unir envenenamento e encantamento. Lourenço ficaria maravilhado com o filé mignon preparado na hora, ao molho de mostarda e alcaparras, acompanhado de batatas ao forno, regadas com molho branco. E se o tempero fosse saído de dentro de uma jóia, um medalhão com pedras preciosas encrustradas, certamente o poder alucinatório de cada mastigada chegaria a um ápice quase insuportável. Ele estaria então sob as suas mãos. Por que perdia tanto tempo com esses devaneios tolos ? Porque sabia que o jogo amoroso precisava de subterfúgios que disfarçassem seus reais caminhos e intenções. Por detrás de corações rosas e cupidos, havia uma tormenta de sentimentos contraditórios. Por um lado o desejo de perder-se no outro, como aqueles ingredientes que se misturavam com os outros perdendo a sua pureza; por outro lado, o embate de forças, o ingrediente que se sobressai quando a receita está pronta, e que luta para manter a sua integridade. No momento ela se via como uma presa de Lourenço, do seu sarcasmo avassalador, que a destruía, e do seu amor, vital para a sua existência. Por isso apegava-se a fantasias de bruxa, como se pudesse reverter o jogo, como se a natureza do jogo não fosse ela mesma o estado de eterna reversão.

Um copo numa mesa de canto ao lado do sofá, o outro copo na outra mesa de canto do outro lado do sofá. Depois de alguma movimentação, o tabuleiro tinha voltado à mesma situação anterior e Lourenço via crescer a sua ansiedade. A calma de Helena não mais o contagiava, era preciso possuí-la para libertar-se de si mesmo, provar que Esther não o dominaria, pois ele ainda era dono de si para aventurar-se por outros caminhos. Ele tinha a intenção de dizer que o carro não ficara pronto e teria que sair mais cedo, mas ainda não tinha mencionado o assunto. Preferiu guardar essa saída para o final, pois assim poderia evitar o glamour ou o vácuo que se sucedem às tormentas corporais. Enquanto Helena escolhia um CD ele foi achando que essa não seria uma boa saída, ela poderia oferecer uma carona, ou ver pela janela ele entrando no carro, e colocá-lo numa situação desconfortável. O avião passando na janela trouxe uma solução mais adequada. Ele diria que tinha que buscar um amigo no aeroporto, mas guardaria essa para só dizer no final, evitando assim possíveis desvios antes de atingir o seu almejado objetivo. Ficou olhando então o balanço do corpo de Helena voltando para o sofá, ansioso por agarrrá-la e imaginando ao mesmo tempo que diria que o amigo que estava chegando passaria uns quinze dias na sua casa, teria que dar-lhe atenção, estaria ocupado, estaria assim preservado, imune, saciado, livre e vitorioso. Uma vez arquitetada essa primorosa saída, ele sentiu-se pronto para o ataque. Um momento de deslize e a graciosa gazela estaria sob as suas garras.

Faltava porém um sinal qualquer por menor que fosse. Havia cenas passadas, mas tão sutis que ele ainda duvidava se tudo não podia ser apenas uma ilusão da sua parte. Havia ainda o tremor da sua voz quando ele ligou, mas isso também podia ser apenas uma interpretação dele. Havia algo mais perdido no passado, porém Helena podia ter mudado de idéia. Sua frieza não deixava escapar quase nada, e no entanto, ele bem sabia que podia ser apenas um disfarce, um pudor, um temor, que ele estava ávido de profanar. Ela então reclamou de um calor que não existia e levantou-se mais uma vez para abrir a janela. Em vez de passar pela sua frente, o que seria o caminho mais curto e natural, ela rodeou o sofá, abriu a janela e sentou-se novamente no pólo norte do mundo. Um vento frio invadiu a sala e os dois permaneceram em silêncio, até que ele achou tudo um tanto ridículo. Aquele percurso absurdo tinha sido a maneira dela de trair-se, evitar o ímã para não sucumbir a ele. Risonho e seguro Lourenço partiu para o ataque, um ataque delicado e decidido, como convinha. "Nós somos tão formais" ele comentou, risonho. Ela virou-se para olhar nos olhos dele, e ele, sem perder tempo, estendeu o braço no encosto do sofá, abriu a sua mão confortável e aconchegante na direção dela, e puxou os dedos pronunciando: "Vem cá".

As pontas dos dedos que ela levou automaticamente à boca depois de queimar-se na panela tinham tocado outras pontas de dedos, enquanto um resto de whisky ia e vinha final da noite. Esther não quis pedir outra dose. Eles ficaram, então, revesando o copo e triscando os dedos. Lembrou-se de Jane Fonda como Barbarela com a ponta dos dedos tocando nas pontas dos dedos do seu parceiro – sexo asséptico de ficção científica. Mas, repentinamente, ao encontrar alívio para a queimadura nos seus lábios, ela lembrou-se de outras ardências nas pontas dos dedos e que afinal, por mais cômica que fosse, também aquela antiga ficção científica, assim como as porções mágicas, tinham a sua dose de possível verdade. Os dedos podiam sim ser transmissores de prazeres fugazes e inimagináveis. Isso tinha sido quando tudo ainda estava em estado de latência, e as tempestades ainda habitavam em sutilezas desse gênero. Eles estavam na mesa de um bar numa conversa longa sobre assuntos diversos e objetivos. Lourenço quis puxar o assunto para signo, mas Esther saiu de fininho, não querendo conceder-lhe a menor migalha sobre ela mesma.

Esther divertia-se em esquivar-se, um pouco por pudor, um pouco por pura maldade, como Lourenço que no futuro não atenderia o telefone apenas para afligí-la. Brilho prateado da panela: tanta frieza aparente e tanto calor transmitido para a ponta dos seus dedos agora quentes e avermelhados.

Naquela ocasião eles permanceram conversando sobre trivialidades mais até o bar fechar e terem que sair para que as cadeiras fossem recolhidas. Nenhum sinal de cumplicidade a não ser aquele toque entre ponta de dedos no trânsito do copo de whisky. Nem sequer um olhar que confirmasse que aquele toque era significativo não só para um deles. Levantaram-se, dobraram a esquina, chegaram perto do carro dela, ele fez algum comentário banal sobre a cor do carro, ela banalmente desculpou-se, até que, gema afogando-se na massa fofa da panela, um abraço avassalador comprimiu todo o seu corpo, tão avassalador que não poderia haver o menor resquício de resistência. O não dito explodia como uma mina enterrada numa paisagem até então aparentemente pacífica, com brisa e pássaros cantando. Era o contraste com a paisagem que tornava a explosão tão violenta – nenhum gesto evidente que pudesse antecipar o perigo, apenas o sol e a brisa repentinamente tomados pelo estrondo e pela nuvem de fragmentos. Mão voraz dele apertando todo o corpo dela sem pudor, e no meio da rua. Bocas se devorando, rosto dela ardendo com a barba mal feita dele mas procurando mais e mais esse ardor. A gema se desintegrando na mistura da panela quente, gema primeiro envolvida nos seus 360° e depois desmanchando-se. Lourenço era o guardião do portal que conduzia a uma total, inesperada e prazerosa dissolução. E eis que um dia ela perambulava pela vida, quando foi repentinamente capturada para o outro lado do portal.

Helena não hesitou ao chamado daquela mão. Mais uma vez Lourenço sabia-se vitorioso, o que parecia reforçar a sua resistência. Tinha um prazer incomensurável em violar aquele poço azul que era Helena, aquela aparência de calma inabalável. A vitória nesse combate vinha confirmar para ele as suas infinitas habilidades pois esse não era um combate do gênero brutal, machos contando vantagem um pr'o outro num confronto de lanças verbais. Não, aqui era uma questão de percursos mais sutis que exigiam uma lábia diferente. Ele, um vitorioso da arena, agora sabia-se também um vitorioso do púlpito. Helena fazia dele um Zeus ao contrário, um touro que se disfarçava de deus para seduzi-la. Ela sucumbia, inteira. E ele se aprazia com isso, sentia tal regozijo que, no deleite da sua conquista, foi sem querer descuidando-se de si.

Na verdadeira confusão dos corpos, há uma tal embriaguez de sentidos que limites outrora sólidos podem esvanecer. Remoendo tudo, ele veria mais tarde que com a mesma firmeza com que Helena não deixava transparecer o menor abalo ela tinha atendido ao chamado da sua mão e de maneira sinuosa, foi envolvendo seu conquistador, despindo-o da sua armadura enquanto ele imaginava ser ele quem a profanava. Aqui era onde habitava o perigo, e junto com ele, o temor de Lourenço. Nu, entregue, de olhos entreabertos, e com a boca ávida por mais prazeres ele sussurrou no ouvido dela: 'Esther'. Aquela palavra mágica selava o pacto entre os dois, pois anunciava a entrada num território antes inexplorado. Todos no trabalho chamavam Esther Helena de Helena, que ficou sendo seu nome oficial. Mas ele havia reparado em algum papel perdido aquela ambigüidade, reparado sem reparar, e só agora, naquele involuntário sussurro, reparava que tinha reparado, e que tinha caído na armadilha. Procurava Helena, que ele queria violar, e encontrara Esther, que lhe mostrava a imagem dele mesmo, desnorteado, no espelho.

Deixar a pressão da panela lentamente aliviar-se. Espetar as batatas para ver se estavam cozidas. Tirar a pele das batatas quentes. Algum dia, Lourenço disse algo que causou em Esther a impressão de que ele tinha quebrado-a em pedaços, os quais, em seguida, ele cuidadosamente ocupou-se em recompor. O que foi não tinha importância, o que importava era a sensação de total descontrole diante do poder de Lourenço. As batatas entregavam-se ao manuseio culinário, as dóceis batatas antes empilhadas no supermercado, dóceis como vacas no pasto, agora sujeitas a uma intensa transformação para fazer delas uma iguaria digna do paladar de Lourenço. Era preciso enfeitiçá-lo com esses artifícios gastrônomicos para que ele continuasse desejando enfeitiçá-la, desejando tirar-lhe a máscara de Helena, plácida rainha do lar, para chegar a Esther, altiva soberana do nada, apenas soberana, ou mero nada. Só Lourenço sabia o caminho do labirinto, e Esther parecia incorruptível à própria Helena. Mas Esther era algo como uma dócil batata aguardando a sua transformação. Lourenço era o sábio capaz de dissolver o seu âmago, e ela se entretia com devaneios culinários esperando a sua chegada.

Luta braçal com o chocolate raspando no ralo grosso. Qual seria o caminho que levaria a Lourenço, onde estava a sua outra face, o seu outro nome? Às vezes imaginava que talvez ele a amasse, mas seu corpo era tão sólido, seus passos tão firmes, suas palavras tão mordazes. Havia um momento ou outro, apenas no corpo a corpo, que ele parecia se entregar, mas era sempre um momento fugaz. No cotidiano, Lourenço era uma fortaleza ambulante, orgulhoso em exibir sua resistência. Chocolate misturado com a massa do bolo e depois claras batidas em neve, delicadamente também misturadas, para que não se dissolvessem inteiramente e garantissem uma leveza final. Era preciso guardar alguma integridade, pois senão Lourenço, no seu afã cego de resistir, poderia esmagá-la. E no entanto era tão tênue o limite entre o desejo de entregar-se a mãos seguras e o perigo de terminar em mãos nocivas.

Tênue, na verdade, é o que separa o frêmito da dissolução do frêmito da destruição. No confronto entre os dois, Helena imaginava que a única garantia possível seria uma certeza na reciprocidade do risco. Essa certeza, porém, podia ser buscada, mas parecia-lhe inatingível. Bolo bronzeando-se no forno. Sabor escuro, deliciosamente amargo, solidificando-se. Hora de preparar um leve, alvo e doce chantilly, que escorreria por cima do bolo em cada colherada a ser devorada por Lourenço.

Uma vez os corpos estando saciados, com que nome deveria remeter-se à mulher na sua frente? Lourenço estava confuso. Esther era a prova da sua vulnerabilidade, e isso era inadmissível, mas também tentador. Daqui pra frente, seria esse o duelo que teria que enfrentar consigo mesmo. Abrigou-se num horrível mal estar de se encontrar sem calças, em condições inapropriadas a um executivo diante de uma colega do trabalho. Por pior que fosse, esse era o sentimento adequado para fazer com que Esther voltasse a ser Helena. Ela parecia não entender nada, não entender que a fronteira tinha sido ultrapassada, mas que pelo menos ele já tinha retornado ao ponto inicial. Helena aninhou-se no corpo de Lourenço, procurando algum aconchego, porque, para ela, uma vez dada a largada, era um caminho sem volta. Helena reconhecia enfim uma necessidade vital de ser envolvida no conforto daquele abraço negado. Lourenço, angustiado com a súbita obrigação de alimentar um elo, deu um tapinha nas costas de Helena e casualmente falou: "Eu tenho que ir, baby, já estou atrasado para chegar no aeroporto". 'Baby', ele se surpreendeu consigo mesmo pois 'baby' era o rótulo que usava para todas, e, assim, ao incluir Helena num novo rol, achara sem querer uma saída para escapar de Esther.

E, no entanto, naquela mesa de bar, era o nome Esther que ainda estava no visor do seu celular. Foi assim que ele a identificou, porque esse era o nome do seu desafio. Sentou-se no bar com a intenção de entreter-se com alguma coisa, ligar para alguém, fazer algo para não pensar em Esther até a hora do jantar. Em vão, pois perdera tempo ocupado com lembranças antigas, saber como tudo começou para talvez encontrar a saída para como tudo deveria terminar. Pelo menos o álcool propiciava-lhe alguma lucidez: se tivesse escrito Helena na memória do celular, ele seria sempre a vítima de um engodo. Diante de uma realidade inevitável, a realidade Esther, ele podia reconstituir suas muralhas, estar ciente da ameaça estando também pronto para a defesa. Esther era o feitiço ao qual ele tinha sempre que voltar porque enfrentá-la era uma forma de se certificar quanto a sua própria solidez. Mas havia também a tentação do risco. Os rituais adolescentes tinham-lhe ensinado a delícia das aventuras automobilísticas: dar cavalo de pau com o carro para desafiar o destino, para provocar a sensação de poder de quem domina o perigo. A seduzida Esther oferecia-lhe a certeza da sua segurança, mas não sem um certo sabor de risco, o risco de se saber não mais inexpugnável. Era, portanto, o seu amor pelo risco que o impedia de deixá-la. Mas o combate, ele reconhecia, era extenuante, uma tarde de alugação dos seus pensamentos para depois ter uma noite de prazeres fugazes. Tomou o último gole de chopp brindando sozinho aos rituais masculinos, os de outrora e os atuais, e foi pra casa se preparar para o jantar.

Arrumar a cama, esvaziar a bagunça em cima da mesa de jantar, dar uma geral no banheiro, colocar a toalha na mesa, colocar os pratos e os talheres, lavar os belos copos empoeirados, recolocar os livros na estante, pendurar as roupas espalhadas, jogar fora o jornal velho, guardar os objetos dispersos pela casa. E tudo rápido porque estava atrasada. No mais, a cozinha parecia um campo de batalha com destroços espalhados por todo canto. Por que se submetia a essa labuta sem fim para receber a migalha de um carinho? Como os movimentos tinham que ser rápidos, Helena mudava também o ritmo dos seus sentimentos e era Esther quem ia se apoderando dela. Não vai dar tempo, primeiro tomar banho e se aprontar, depois se desse arrumaria a cozinha. Ele não deveria suspeitar que por trás de um banquete perfeito havia uma tarde de trabalho, ele não merecia essa vitória. Helena então escolheu cuidadosamente o vestido e os brincos e, numa calma volúpia, escolheu também o perfume e a cor do baton. Lourenço tocou a campainha em seguida. Cruzou o portal pronto e perfumado e, com a sua voracidade habitual, foi logo agarrando Esther como se não a visse por muito tempo, o tempo interminável de uma longa tarde em que ela tinha estado presente estando ausente. Por um momento, Lourenço deixou-se levar pelo seu próprio afã de devorá-la e, amassando todo o corpo dela, assim como fizera naquela calçada noturna há tanto tempo atrás, sussurrou no ouvido de Esther: 'Eu penso em você de uma forma tão sublime, tão cheia de desejo.' Mas ela se esquivou e com um maldoso prazer de interrompê-lo, alegou que a panela estava no fogo, disse que ele deveria já ir sentando-se à mesa. Partiu então para a cozinha, pôs o avental e enfrentou o fogão sujo, o chão pior, a louça na pia, o vidro aberto, a embalagem vazia, as cascas de ovos, a batedeira lambuzada, a panela grudenta, mas riu de si mesma, de como estava enovelada naquela dupla situação de combate, com um homem real que a aguardava, ou mais precisamente, por quem ela ansiava, e com os objetos domésticos. Ambos pareceram-lhe uma complexa e inesgotável fonte de entretenimento. Os seus gestos frenéticos tinham por detrás a frase sussurrada de Lourenço, a frase que lhe fornecia a eletricidade para prosseguir, 'Eu penso em você de uma forma tão sublime, tão cheia de desejo.' Esther deixou o corpo ocupado em gestos automáticos, e em silêncio respondeu a ele: felizes daqueles para quem o sublime é repleto de desejo, porque deles é o reino da terra.'

Finalmente, tendo rearrumado a parafernália depois de atravessar todo o fluxo de objetos e matérias orgânicas que pouco a pouco tinham sido retirados dos armários, gavetas e geladeira, se mesclado, se confundido, se misturado e interagido numa alquimia culinária para por fim se recomporem em pratos harmônicos e respeitáveis, tendo, portanto, sobrevivido àquele redemoinho intenso, ela dirigiu-se exausta para e mesa e serviu a entrada. Ao depositar no prato dele uma primeira e modesta colherada do produto de suas quatro horas de trabalho, ela deparou-se com a mão dele num gesto brusco de 'basta'. Viu então entrar orelhas adentro a voz de Lourenço, sem decidir ainda se era uma pancada ou um afago, um ou outro, de qualquer maneira, bastante familiar. – Chega...primeiro eu vou experimentar.

COMER A VIDA

ANTONIO ORIA DE RUEDA

Finalmente, tendo rearrumado a parafernália depois de atravessar todo o fluxo de objetos e matérias orgânicas que pouco a pouco tinham sido retirados dos armários, gavetas e geladeira, se mesclado, se confundido, se misturado e interagido numa alquimia culinária para por fim se recomporem em pratos harmônicos e respeitáveis, tendo, portanto, sobrevivido àquele redemoinho intenso, ela dirigiu-se exausta para e mesa e serviu a entrada. Ao depositar no prato dele uma primeira e modesta colherada do produto de suas quatro horas de trabalho, ela deparou-se com a mão dele num gesto brusco de 'basta'. Viu então entrar orelhas adentro a voz de Lourenço, sem decidir ainda se era uma pancada ou um afago, um ou outro, de qualquer maneira, bastante familiar. –Chega...primeiro eu vou experimentar.

Gostou. Parece que tem gostado de todos estes manjares que ela preparava, porque, a primeira e modesta colherada segue a segunda que já de modesta não tem nada: serviu-se com a concha de servir, abre uma enorme boca, uma boca que se abre como se quisesse fazer amor com a Terra, comê-la toda. E, agora, come. Agora já não gosta ou nem sequer sabe se gosta ou não.

Esther come sem olhar o que come. Toma, com os olhos cravados em Lourenço que, a princípio, a olhou alegre, mas agora está francamente perturbado. Está louca, pareceu que está louca. Mudou seu olhar cotidiano, este olhar que tantas vezes lhe disse "mas, deixe-o, se não estás preparada..." ou, "deixe-o, de verdade, melhor seguir meu conselho..." ou, mais refinada, "não te queixes depois, diga-me quando me equivocar" ou, mais sensitiva, "toma cuidado...".

Após a entrada, o prato principal. Desta vez não o come. Sem sequer prová-lo, começa a esfregá-lo com força em Lourenço, de cima a baixo, começa por sua preciosa camisa, um *jersey* impecável que acabava de comprar em sua última viagem a Nova York. Desce pelas calças, uma peça caríssima, que conseguiu de algum alfaiate a um preço inconfessável. Que falta fazia, com o cú tão precioso que tem. E continua nos sapatos. Ele a olhou nos olhos. Outra vez olhos cheios de uma espécie de mágoa inapentente. A loucura transitória de quem, por fim, quer cobrar-se toda prudência. A Prudência.

Assim aconteceu, e com a sobremesa, que fez o mesmo. O creme de café e côco, meteu-o na boca e cuspiu nele. Meteu-o inteiro na boca e o cuspiu da mesa até seu homem, com a raivosa paz de quem está, por fim, conjurando todos os espíritos negros que vieram até ela amansando sua alma. Lourenço dirigiu-se à cozinha e começou a lançar todos os pratos sujos pelas paredes, emporcalhando-as com as sobras, destroçando a louça tão fina que ele lhe presenteou no seu aniversário. Aquela louça que naquele dia, lhe havia arrancado um sorriso tão doce como maravilhoso. Todo sujo, espalhada a louça pelo solo, quase sem querer, tombou na mesa da cozinha. E, ao vê-la assim, emporcalhada, fora do lugar, teve a grande idéia, a idéia que trazia há tantos anos na cabeça, a idéia que vem de dentro, como um orgasmo que não precisa ser cuspido. Uma idéia que é um monumento a si mesma.

Esther dormiu ali mesmo, em uma espécie de sonho que mesclava uma dor incógnita com esta grave idéia nova, introduzindo-se em um ambiente de *marihuana* cara. Ao dormir se retorce de prazer. A primeira coisa que fez ao levantar-se foi fechar as persianas da cozinha e chamar o pintor da esquina para que pintasse a casa de preto. Sua cozinha havia sido a metade de sua vida. Foi o lugar aconchegante para sentir calor no inverno e para se refrescar no verão. Para esfregar-se com seus amantes da primavera e para autocompadecer-se, folha a folha, cada outono.

Ao fundo...a comida. As comidas. Como cerimônias solenes de retorno da escravidão, do trabalho gratuito para quem não o merece, das recordações da mãe, da avó, da bisavó, da filha que todavia não veio e que não se sabe se virá. As comidas e os coadores e o aspirador e a flanela para desengordurar as paredes e um preservativo que algum amante porco da primavera tirou em uma esquina escondida sem fazer-lhe um nó. Sêmen seco. O monumento ao descuido masculino, quem sabe também um contorno de sua esterilidade primordial.

Pois se acabou. Jogar todos os móveis pela janela do pátio com todo seu conteúdo.

Quando um móvel é pesado demais, rompe-se em partes, nos seus pontos frágeis. E foi, contudo. E bate no solo. Sem muito cuidado, como preparando-se para fazê-lo pela última vez.

A cozinha permanece desnuda e vazia e escura e misteriosa, porque não calcula em que útero impenetrável pode converte-se. Uma cozinha que deixou de ser uma cozinha para converte-se na borbulha para a segunda batalha que quer viver. Da primeira batalha conservamos as recordações dos latidos de um coração enorme, poderoso, quem sabe recordamos alguma taquicardia ou algum golpe ou algum grito que chegará a perturbar o líquido amniótico; que transbordou as suaves ondas em um maremoto escuro; quem sabe as imagens vivas de uma realidade virtual, talvez uma memória vaga de palavras doces e carícias delicadas através do ventre; quem sabe o rumor da monotonia; talvez nada disso. Mas agora...agora prepara sua segunda batalha, a indizível possibilidade do eterno retorno ao ventre de sua mãe, embora tornando possível desta vez que sua mãe seja tu, agora que sua mãe não está, ou está demasiadamente preocupada, ou jamais te pariria outra vez. Tua própria segunda batalha para poder reinventar sua vida, converter-se em quem quer ser.

Esther pintou as paredes desnudas de um preto pardo. Trouxe o colchão para a cozinha. Começou a viver ali. Uma tarde, despertou sobressaltada. Sobre o lençol estendido na porta para não deixar a luz passar, formou-se uma imagem. A imagem invertida da estrada que entra por um orifício na persiana, um orifício que algum amante adolescente fez uma vez com o cigarro, porque não sabia como subir a persiana. Vê a estrada e, por ela, a vida cabeça abaixo, tal como gostava de senti-la sempre, tal como a quer inaugurar.

Passou o mormo e começa a repintar o grande lenço negro de sua vida que se inicia. Sem memória, sem consciência grave, sem claridades dolorosas, começou a fabricar vermelhões escuros, fontes apagadas, pardas asperezas. Quando consegue negá-lo todo e deter o passado na última curva de seu córtex estriado, dedica-se aos azuis, todos os azuis, desde o mais esverdeado até o que é quase fucsia. Daí, não custa subir ao laranja, passando, talvez pelo verde marinho, como se quisesse fabricar um sol azul novo que salta radiante outra vez. Começou a deixar passar a luz. Primeiro, fenda a fenda. Depois abriu mais e agora já se distingue uma alvorada. A cozinha se converteu em um enorme crepúsculo até de dia. Volta a colocar o telefone em seu lugar. Conecta-o à rede e comprova que funciona. E chama Lourenço, que fala muito sem dizer nada. O português soa em sua boca como se fosse um dialeto próprio da Tailândia. E agora, Lourenço, como se estivessem numa procissão funerária, da tumba ao berço, vão chamando todos os seus noivos, os seus amantes da primavera e os seus flertes. Todos eles, desde os que deram sua vida por ela, até os que a enganaram sujo para conseguirem um bom polvo na mesa da cozinha. Na primavera, isso sim.

A todos eles contesta com silêncios brilhantes e sorrisos tolos. De nenhum deles guarda recordações de verdade. Não está aí o molde que uma vez deixaram entre o coração e a cabeça. Acabou-se. Bom, isto deve ser celebrado. Vai até a varanda e recolhe o correio.

Tira do bolso o exame com os resultados das análises. Então arruma a garrafa de detergente junto com a de absinto e a de água mineral. Enche um copo grande de cada um e começa a jogar com eles, o olhar perdido. Começa com a água, bebendo-a de um só gole. Agora passa ao absinto, que sorve com grandes goles. Olha o detergente. Ah, demônios. Levanta-se e sai do apartamento com o olhar perdido.

CASA DE VIDRO

WALTER MENON

Tira do bolso o exame com os resultados das análises. Então arruma a garrafa de detergente junto com a de absinto e a de água mineral. Enche um copo grande de cada um e começa a jogar com eles, o olhar perdido. Começa com a água, bebendo-a de um só gole. Agora passa ao absinto, que sorve com grandes goles. Olha o detergente. Ah, demônios. Levanta-se e sai do apartamento com o olhar perdido.

Dirige-se para o carro, tira a chave do bolso, destrava as portas. Mas não entra, fica estática segurando a maçaneta em um gesto interrompido, sua mente congelada em um único pensamento. Trava a porta, gira sobre os calcanhares e começa a caminhar a passos largos para fora da garagem subterrânea, tentando dar a impressão a si mesmo de determinação. Suas pernas a traem. Estão trêmulas, moles. Resolve forçar. Em vez de pegar o elevador, sobe as escadas correndo, com raiva. No primeiro lance de escada desaba, o coração explodindo na cabeça, a respiração sufocada. Seria isso uma prévia do que lhe sucederia mais tarde, quando estivesse acometida por aquele mal ou toda esta fraqueza seria apenas conseqüência do seu desespero? Como saber se já não havia começado...Uma palavra surgiu-lhe enorme na tela da mente. A palavra que designava seu mal. Ela a sussurra várias vezes para si, até convencer-se de que estava dizendo seu próprio nome e então, cala-se.

Lourenço, sentado noutra escada, a cabeça apoiada na parede fria, fecha os olhos vagarosamente tentando preencher a mente apenas com os ruídos, as falas entrecortadas que lhe chegam lá de cima da portaria. O ruído da porta de entrada, do elevador, vozes abafadas. Uma sensação de aconchego, fraca, mas vital. Ele se agarra a ela. E adormece sob o peso das últimas horas passadas. Adormece por alguns eternos minutos de esquecimento total.

Desperta sobressaltado, sem saber ao certo onde está. A iluminação na escada não funciona. Seus olhos se dirigem para o topo da escada de onde uma fraca luz fria se insinua. Faz um gesto automático para consultar as horas. De tarde logo depois de sair do médico, a primeira coisa que havia feito fora arrancar o relógio do pulso e atirá-lo o mais longe que pode. Deve ser quase sete, pensou.

Não tinha vontade alguma de se mexer dali. A cabeça levemente inclinada para trás, olhos fixos na pouca claridade refletida nos degraus superiores. Anulação, cancelamento total. Novamente começa a afagar no seu íntimo esta idéia consoladora com a plausibilidade de uma saída digna. Por que não adiantar o inevitável? A resposta lhe veio quase que imediatamente como um soco em cheio na cara: seu corpo, sua mente não poderiam admitir simplesmente a idéia de desaparecer de um momento para outro, seria demasiadamente fácil. Todo seu ser fez, à revelia da sua razão, a escolha por viver até o último instante de dor, de decadência. Uma espécie de auto-punição merecida, exigida, necessária para se purificar. Mas purificar-se de quê?

Um medo de ser visto ali desabado no chão irrompeu em meio a seus pensamentos. Levantou-se com um único movimento brusco e recomeçou a correr, passou pelo térreo e continuou subindo até o seu andar. Entrou no apartamento resfolegando. Sentiu que ia desfalecer, foi até a geladeira abriu o congelador e esfregou na nuca um punhado de gelo que lhe causou uma dor intensa. Desperto, deu-se conta de que estava só. Ela ainda não havia chegado do trabalho. Apanhou o envelope com o exame que havia deixado sobre a mesa da cozinha, jogou o desinfetante na privada e lavou o copo. Em seguida dirigiu-se para a sala apagando as luzes, sentou-se na poltrona e ligou a tv. Foi passando por todos os canais sem conseguir que algum daqueles programas o distraísse. 7:30 no relógio da parede.

A qualquer momento ela entraria por aquela porta. A face cansada pelo dia na repartição. Sorriria para ele surpresa por vê-lo tão cedo em casa. Perguntaria o que houve e ele... ele estaria morto. É isso, pensou. Ele não teria coragem de enfrentá-la, de lhe contar a verdade, e menos ainda coragem para mentir. Tinha que tentar. Pegou a caixa onde escondia o 32 atrás das malas em cima do guarda-roupas. No banheiro, em pé olhando fixamente seu rosto no espelho depositou a caixa na bancada abrindo-a com uma pequena chave que sempre trazia consigo. Baixou o olhar para o revólver envolvido em uma flanela. Desfez o embrulho. Ele fazia regularmente a limpeza da arma. Passava horas envolvido nessa atividade. Era algo que fazia escondido de Esther. Ela sequer sabia da existência da arma.

Verificou que estava carregada e olhando novamente sua imagem no espelho, enfiou o cano na boca. Sentiu o gosto frio do metal. Puxou vagarosamente o cano para trás. Aquele gosto lhe era familiar. O gosto pastoso do álcool no dia seguinte à bebedeira. Subitamente, só que desta vez de maneira mais precisa, teve a nítida confirmação de que lhe era totalmente impossível tirar a própria vida. Seu corpo, exigia-lhe que fosse até o fim no sofrimento da doença. Essa certeza evocava a incompletude de tudo que realizara, ou tentara realizar na vida. Uma sensação enorme de impotência lhe invadiu o espírito. Não, desta vez ele agüentaria firme até o derradeiro momento. Estava condenado a ter um fim agonizante. Este podia ser hoje, amanhã, daqui um mês, ninguém podia prever. A única coisa certa era que o sofrimento físico era o inevitável caminho para a morte. Ele que nunca havia concluído nada na vida – a faculdade de administração estava trancada a mais de um ano –, pensou, ele iria concluir seu destino. Desengatilhou a arma, guardou-a com cuidado e saiu novamente de casa.

Não era a primeira vez que subia até o terraço. Era fácil abrir o cadeado que trancava a porta no sexto andar. De onde ele estava podia enxergar o relógio digital do prédio comercial que ficava a dois quarteirões dali. 8:45 da noite. Esther já devia estar em casa, provavelmente absorta na tv. Um vento frio cortou repentinamente a noite. Reparou no balé sincronizado que a luminosidade azulada das tvs produzia nas paredes dos apartamentos. Já havia reparado nisso antes. Talvez todo mundo já houvesse reparado nisso. Mas não haviam pensado nessas luzes escapando pelas janelas da cidade como um balé, como um espetáculo realizado especialmente para ele. Uma espécie de réquiem. Sorriu com a idéia enquanto descia lentamente as escadas para o seu andar.

Ele e Esther estão na cozinha sentados um de frente para o outro. A pequena mesa circular está coberta com uma toalha de pano azul claro. Há um silêncio terrível quebrado pelo som monótono do relógio de parede ao fundo sobre o armário com a fruteira, onde se vê umas poucas bananas que já começam a apodrecer. Todo o apartamento está escuro, todas as luzes apagadas com exceção da que fica sobre a mesa da cozinha. Os dois estão olhando fixamente um para o outro. Esther segura imóvel com as duas mãos um copo com água. À sua frente está aberto o resultado dos exames. Ela acabou de lê-lo. Sua mente abandonou-a, fugiu para algum canto escondido na escuridão do apartamento.

Os olhos fixos, Esther, como se tivesse recebido uma ordem, começa a beber a água, saboreando cada gole. Depois, ainda olhando para ele, vagarosamente coloca o copo na mesa, levanta-se e lhe diz, com uma voz calma, que há três meses ela vem tendo um caso e que está apaixonada e que não poderia, mesmo que quisesse, cuidar dele, pois a morte de sua mãe, a doença de sua mãe havia destruído nela qualquer possibilidade de suportar passar por tudo aquilo novamente. Ela diz que não pode nem ao menos suportar-lhe mais a presença. Ele tem uma hora para juntar suas coisas e partir.

Uma estranha sensação de satisfação toma conta dele. Pega o telefone e avisa para sua mãe para esperá-lo para o jantar. Desliga o telefone e dirige-se para o quarto sem acender as luzes. Enquanto ele se afasta, Esther, que está encostada na parede no fundo da cozinha, imersa na penumbra, olhos fechados, tenta responder para si mesma por que mentiu, Esther não estava apaixonada, não tinha um caso. Ela não o ama mais, talvez nunca o tenha, realmente, amado. Para ela amar significava tecer uma rede de confiança, de segurança que pudesse ampará-la na sua eterna queda. Ele nunca lhe havia dado segurança. A doença pareceu-lhe uma benção, uma carta de alforria enviada por Deus, da qual ela fez um bom uso.

Parou no centro da sala, tirou os sapatos e sentiu sob a meia a cerâmica fria do chão. Foi invadida por uma sensação de alívio. Retirou da bolsa o maço de Marlboro e acendeu um cigarro. Inspirou a fumaça com força, prendendo-a ao máximo antes de soltá-la. Ficou tonta. Relaxada finalmente. A cabeça dispersa, imaginou sua angústia como uma mancha negra que expulsava de si com a fumaça. Deixou a bolsa cair displicentemente ao seu lado.

De onde estava podia enxergar através da janela uma parte do horizonte que se fundia com o céu vermelho do fim de tarde. O dia fora especialmente quente, sufocante. Imaginou-se alguns minutos mais tarde refrescando-se no banho. Nos dias quentes gostava de apagar a luz do banheiro e deixar a água fria escorrer pelo corpo. Às vezes levava um banquinho para o box. Perdia a noção do tempo sentada debaixo do chuveiro de olhos fechados no escuro.

Caminhou até a janela, abriu-a, deu a última tragada e atirou o cigarro, o mais forte que pode, com um peteleco. Ele detestava aquele seu gesto. Achava aquilo grosseiro, uma coisa meio masculina. Não combinava com ela. Lembrou-se do pai fazendo aquele mesmo gesto de jogar o cigarro. O velho em frente à janela. Seu olhar triste, perdido que ela tantas vezes tentara decifrar sem conseguir. Do pai herdara aquele olhar e aquela maneira de se livrar do cigarro, entre outras coisas.

Agora a luz era mínima lá fora. Pode ver o toco de cigarro se apagando na calçada junto com o dia. Uma lembrança vaga começou a emergir na sua mente cansada. Veio vindo vagarosamente até tomar completamente seus sentidos. Ele de pé, lá embaixo olhando-a fixamente. Havia acabado de colocar as malas no carro. Ela na janela, os olhos vazios tentando focá-lo sem conseguir. De repente ele se vira. Entra no carro... O ruído do motor arrancando.

A única lembrança que ficou daquele momento foi o ruído do motor arrancando. O resto, mesmo o rosto dele fitando-a da calçada, estava completamente embaçado pelo sofrimento. Entretanto, naquele fim de tarde ela começou a ver. Sua visão era de uma nitidez absurda, típica da memória que sufocada, retorna mais real, mais presente como delírio.

Havia lágrimas nos olhos dele. Havia dor em seu rosto. Havia dor por toda parte. Uma dor surda, pesada como o calor daquele fim de tarde. A dor que ela acreditava extinta, até o ponto de tornar sua memória baça, suja, – essa merda, ela pensou, estava de novo nela, grudada em sua garganta, em seu corpo, nas paredes do apartamento, na calçada lá fora. Essa dor havia voltado tão densa quanto a visão das lágrimas dele.

De vez em quando o apartamento era iluminado pelos faróis dos carros que passavam lá embaixo. Uma fraca brisa chegou com a noite. Acendeu outro cigarro. O telefone tocou retirando-a do transe. Ela não se moveu. Deixou a secretária atender. Deu uma longa tragada olhando para a secretária.

A última tragada exigiu-lhe um esforço considerável. Imaginou a fumaça descendo até um lugar escuro e aconchegante dentro do seu corpo e de lá subindo novamente para a sua boca. Sentiu o gosto deste lugar como um pedido de socorro sussurrado. Foi até a janela e arremessou o cigarro para fora com o mesmo gesto de antes. Baixou a persiana e acendeu a luz de canto sobre a mesinha onde ficava o telefone. Sentiu uma pressão no estômago, no seu íntimo vibrou um sentimento tenso de expectativa, um sentimento que ela preferiu disfarçar para si mesma.

Com um movimento que demandou certo esforço de seu corpo, inesperado para ela, sentou-se no sofá ao lado da mesinha do telefone. Apertou o botão para escutar a gravação. Antes que pudesse ouvir a mensagem levantou-se correndo para o banheiro onde se trancou, tapando os ouvidos com toda força.

-"Alô, Esther? Aqui quem fala é Lucia, estou ligando para lembrar da reunião amanhã às oito e meia na sala do conselho. Obrigada."

ESTHER E O LOBO

LAVINA MADEIRA RIBEIRO

Foi até a janela e arremessou o cigarro para fora com o mesmo gesto de antes. Baixou a persiana e acendeu a luz de canto sobre a mesinha onde ficava o telefone. Sentiu uma pressão no estômago, no seu íntimo vibrou um sentimento tenso de expectativa, um sentimento que ela preferiu disfarçar para si mesma.

Com um movimento que demandou certo esforço de seu corpo, inesperado para ela, sentou-se no sofá ao lado da mesinha do telefone. Apertou o botão para escutar a gravação. Antes que pudesse ouvir a mensagem levantou-se correndo para o banheiro onde se trancou, tapando os ouvidos com toda força.

-"Alô, Esther? Aqui quem fala é Lucia, estou ligando para lembrar da reunião amanhã às oito e meia na sala do conselho. Obrigada."

Obrigada, obrigada por me empurrar para o precipício, lá, todas as forças me faltarão... Olhares que se temem cruzar, palavras dirigidas aos outros, aos invisíveis, não a ele, jamais a ele, o deus torpe, bactéria que se instalou no meu corpo debilitado, e se espalhou em todas as direções do meu sangue. Reunião do conselho, só para ouvir aquela voz triunfante, encharcada de auto-estima. Reverberando a auto-estima que eu tanto cultivei, eu, a garrafa vazia de um vinho da melhor safra, bebido todo por ele, com as minhas dóceis, ingênuas e cegas mãos transbordando suas incontáveis taças.

Quem era eu, Esther, no começo, alguns anos antes?

> *"Você é um anjo, meu anjo da guarda. Frágil e forte ao mesmo tempo. Frágil na aparência de eterna menina, forte no coração, no vigoroso intelecto. E eu sou um privilegiado por você me deixar tocar sua vida. Com amor, Lourenço."*

Um anjo com corpo de mulher, que ele logo possuiu. O nome daquele corpo dentro de mim era oceano. Depois veio o turbilhão de acontecimentos ... Lourenço, teu nome era amor. Com o tempo, já não distinguíamos onde começava o afeto puro, onde éramos parceiros de trabalho. Nós chorávamos juntos na rua, na cama, nos bares, nos estacionamentos, nos abraçando e nos protegendo dos nossos inimigos. Meu corpo andava como um corpo de mulher, com aquela segurança de quem é moldada pelos impulsos novos e satisfeitos de um homem todo homem, a me cercar de mim por todos os lados. Eu amava tocar suas pernas, beijá-lo por toda parte e me encolher no seu ombro, os seus braços eram o círculo da terra fechando o sentido da vida. Esther era amada.

E ele escrevia:

> *"Amei, como sempre, suas palavras. Continue me querendo, me desejando, me amando, como quero, amo e desejo você. Você é uma grande mulher. Mulher eu disse, embora insista em sempre ver a menina. Beijo grande, L."*

No começo ele carregava todo o peso do isolamento profissional. Ele tinha perdido a vitalidade para assumir responsabilidades que o fizessem sentir-se entre iguais. Era um barco à deriva. Era um tigre acuado numa jaula estreita. Nosso reencontro foi em meio a este triste exílio...

> *"Esther, suas palavras sempre me confortam e me renovam as esperanças. Mas não tenho tido ânimo para escrever. Estou tomado por esse sentimento poderoso de estar fazendo tudo errado, mesmo estando a fazer as coisas certas. Esta empresa me sufoca, respiro lá com muita dificuldade. Enquanto isso, só vejo esvaziar-se a minha pequena cápsula de ar puro de esperança. Beijos grandes, L."*

Não que eu estivesse menos cansada, mas eram outras as minhas dores. No trabalho, eu irradiava energia. Juntos, aos poucos, começamos a criar planos, fizemos projetos, conquistamos causas e clientes, abrimos novos campos de atuação. Aquele edifício abandonado onde Lourenço vivia ganhava fachos de luz, móveis e mesa de cristal. Nos realizávamos e nos divertíamos a cada porta aberta, em enfrentamentos ganhos, nos contratos que fechávamos, nos cargos que se sucediam. Lourenço saía da escuridão guiado pelo sentido das minhas palavras, pela minha dedicação. Com o tempo, eu já não tinha mais o que sempre foi a minha vida profissional. Eu era então somente os nossos planos. De tão confundidos estávamos em uma só pessoa, dos lençóis aos processos, dos choros de felicidade às audiências públicas, onde, à vista dos outros, não passávamos de corretos parceiros de trabalho.

E, na madrugada, escrevia sonhando:

> *"Descanse, meu príncipe. Pena não serem minhas as mãos que te aconchegam, pena não serem meus os sussurros de calmaria e nem meus os beijos suaves que levam aos sonhos tranqüilos. Choro por isso. Descanse para reinar melhor, para o bem de todos nós os que*

dependemos da sua grandeza, lucidez e engenhosidade, com todo meu imenso amor, Esther."

"Esther, você é igualmente minha princesa, sempre o foi, desde a menina quieta que conheci como estagiária e que agora é a minha mulher e parceira. Não sei se amanhã vou chegar a tempo para almoçar, mas quero você, toda, nua, inteirinha. Lourenço."

A internet era cúmplice desse amor. Muitas e muitas mensagens preencheram nossas horas de separação. Quantas foram? Milhares ... Vinham de madrugada. Cruzavam o arco da Terra enquanto dormíamos ...

"Esther, estou aqui aliviando a tensão de mais um dia extenuante. Foi uma semana nervosa, intensa, durante a qual, na maior parte do tempo, fiquei com um nó na garganta, mistura conhecida de ansiedade derivando para a angústia. Mas agora que você está aqui, eu comecei a querer voltar para o mundo do trabalho, do qual tinha me afastado. Como você vê, a cada dia passamos nós a funcionar como uma dupla. Há muito tempo, tempo mesmo, não tinha na empresa essa maravilhosa sensação de comunhão, de parceria. Estou muito feliz com a reunião da tarde. Não é fácil juntar gente tão diversa e, se avançarmos na direção estratégica apontada, estaremos construindo uma bela peça jurídica. E você lá estava. Minha eterna menina, hoje mulher, madura, segura, competente. Sei que você quer muito mais ao meu lado, mas eu lhe peço confiança. Vamos prosseguir caminhando (eu desejo você – agora, enquanto escrevo, excito-me com as lembranças; meu ... vai ficando duro). Beijo grande, Lourenço."

"Lourenço, vou lutar pela vida, pelo nosso amor, vou fazê-lo perceber que posso ser a grande mulher à sua

altura, Não estou dizendo que vou viver para mostrar algo a você. Digo que ao ser eu mesma, ao conquistar vitórias, estarei conquistando meu amado. Quero sua generosidade, integridade, humanidade, masculinidade. Quero ser eu uma vida que não separa trabalho de amor. Preciso lhe dar certezas, certezas de tudo. Eu quero dançar, trabalhar, amar, viajar, dormir, ler, beijar, passear, comer, quero cuidar das suas coisas e me entregar ao meu homem, meu grande homem. Sua, sempre sua, Esther."

"*Lute, Esther. Seja você. Fugir eu jamais fugirei. Beijos mil, L.*"

Ele tinha suas convicções. Certezas de um homem maduro feito sob medida para saciar minha admiração. Eu queria dominar aquele arsenal de palavras, ímpetos e cheiros. Farejava o som de sua voz como um animal e esperava ser possuída em qualquer lugar. E obediente seguia o ritual dos jogos:

"*Esther, algumas reflexões aqui nesta madrugada insone. Você está tendo seu teste, o seu batismo de fogo na dura realidade da empresa, experimentando um bocadinho do ambiente que tem me consumido nos últimos anos. E você está-se saindo esplendidamente neste ambiente que, juntos, arregimentando outros tantos, tentaremos melhorar nos próximos anos. Por isso, se por acaso, sentir-se só, hoje, amanhã, saiba que sua eventual solidão está longe de ser abandono. Meu coração, meus pensamentos estão sempre com você. E meu desejo também. Precisamos fechar com o grupo de São Paulo as duas causas que nos ofereceram. Além disso, o grupo de advogados da Impérie não pode ficar na mão, ficamos com todos. Quero, semana que vem, fazer reunião com pessoas como a Lúcia, o Cícero e o Plínio para fazer o ajuste fino da equipe. Enfim, está aí uma agenda para não se botar defeito. Ufa!!! Beijos mil, adoro você. Minha menina, minha amiga, meu amor e minha amante. Lourenço."*

"Lourenço, estou trabalhando na estrutura da petição e arrumando a agenda dos nossos compromissos. Preciso de espaço mental para organizar tudo dentro de uma coerência consistente. Estou angustiada com isso, há uma vontade enorme de apresentar algo que também o faça admirar meu trabalho. Há tanta terra a ser desbravada entre e por nós ... É vital para mim que você sempre se surpreenda com a qualidade do meu trabalho. Você me dá a vida como deve ser vivida, com paixão, arrebatamento, suspense, decepções e muitas alegrias. Eu me sinto privilegiada, abençoada, premiada e profundamente orgulhosa de serem comigo compartilhadas as reflexões, os cálculos, as emoções diárias de seu e nosso estar no mundo. Este ano vai ser muito importante, o ano do início de suas grandes e definitivas realizações profissionais, as bases para um futuro de prestígio e reconhecimento pelos grandes da advocacia. Quantos rios até chegar ao seu amor. Que meu amado durma bem e que logo eu possa senti-lo roçando o meu rosto, as minhas costas, o meu corpo enfermo de tanto desejo de tê-lo dentro de mim, Esther."

Nós brincávamos de viver a sério. Nos excitávamos respondendo petições, atendendo clientes, bebendo água no corredor. Transávamos na mesa, no chão, no banheiro de sua sala. Certo dia fui ao fórum toda nua, vestindo apenas um sobretudo e meias finas. Assim rompíamos o curso de seu passado de abandono e desânimo ... Assim, eu aprendia a amar ...

"Lourenço, parabéns pelo comovente discurso. Você não imagina a minha fascinação ao ouvi-lo referir-se a Balzac, relembrando, com propriedade, o relato de alguém

que soube expor tão profundamente as contradições da vaidade e da ética. Estive articulando novas peças que devem dar continuidade ao processo de P&H, minhas preocupações visam redefinir as noções de compromisso, ética, consenso e interesses entre as partes. Você me abriu um mundo novo de idéias na palestra de hoje. Está tudo correndo bem, pense assim, as âncoras estão quase soltas. E um barco-coração feito de fidelidade, admiração, respeito e amor incondicionais segue para um porto seguro. Te adoro, Esther."

"Esther, minhas idéias, meu dinamismo, são sempre contingentes à possibilidade de ter pessoas inteligentes como você ao meu lado, criativas, leais. Profissionalmente, tenho me sentido com mais vigor nos últimos tempos, e isto se deve fundamentalmente a você. Obrigado pelas suas palavras, que iluminaram o resto do meu dia. E que estão guardadas como um bem precioso. Você me comove, Esther. Faz vir a lágrima, o nó na garganta. Você me dá forças para prosseguir nesta luta constante. Obrigado pelo seu talento, por sua dedicação, obrigado pela força que você me dá. Obrigado, querida, por sua imensa sensibilidade, enchendo-me de palavras, versos, poemas, que me mostram aos poucos seu adorável coração. Obrigado por deixar que eu me perca e me ache em você. L."

Ele tinha ciúmes das minhas viagens e quando eu retornava a primeira coisa que fazia era selar seu domínio tirando minhas roupas e me possuindo. Eu tinha que saber que ele estava em toda parte. Eu era sua mulher, sua gata travessa, selvagem e obediente. Como podia?

"Só quero que você me aqueça neste inverno, e que tudo o mais vá para o inferno!!! Durma bem, meu tesouro, meu tesão, minha gênia. Amo você, Lourenço."

O tempo passava e nossa felicidade continuava suspensa naquele espaço entre o dia e a noite. Da minha janela eu avistava os aviões partindo e chegando, num largo horizonte pontilhado de estrelas. Eu via aqueles aviões levando meu amado em suas viagens de conquista e o admirava por estar lá dentro indo em busca de nossas vitórias. Eu nunca o deixei no aeroporto e nunca o busquei. Nós nunca viajamos juntos, nunca dormimos e acordamos na mesma cama. Eu tinha o sonho de poder viajar com ele, pedia a ele, mas nunca aconteceu ... Ele sempre me mandava mensagens, mesmo de longe ...

> *"Esther, que seu sono lhe tenha sido leve, que você descanse das fainas administrativas, que veja um bom filme, que leia e tome um sorvete, que eu estou aqui pensando em você, querendo seu bem, seu sorriso, sua felicidade, que farei o possível para participar dela, pois quero você, tenho desejo, tesão, tenho amor por você, saiba disso, como sei que corro o risco diário de lhe decepcionar e decepcionar minha família, mas é um risco que vou correr pois este é o sentimento que está no meu coração. Serei seu homem, seu pai, seu melhor amigo. Beijos, Lourenço."*

No meio de nossas horas encantadas havia um celular que tocava. Era a eterna patrulheira vasculhando a cidade para lembrá-lo de buscar os paletós na lavanderia, ou para levar a enceradeira para consertar ou o cachorro para vacinar ou sei lá para que, para, simplesmente, às sete da noite, recolhê-lo à cela. Chamados que ele, ao ouvir, afastava-se para responder. E eu só via o movimento de seus lábios e o seu olhar condescendente. Chamados cotidianos da rotina de apertar os nós das amarras invisíveis mantidas por uma mulher mastigada pelo tempo. Ele se machucava nas contorções desta dupla face. E caía sobre mim ressoando, por vezes, ameaças insuportáveis de abandono ...

"Esther, jamais mentirei, jamais mentiria para você, como sei que você será sempre leal e sincera comigo. Sei que poderia amá-la como mulher ao limite das minhas forças. Mas seria medíocre passar ao largo da minha situação conjugal e familiar. A vida, Esther, tem dessas coisas. Nem sempre mesmo os nossos mais verdadeiros e concretos desejos podem se tornar realidade. Nossas vidas estão entrelaçadas hoje, como sempre, ainda que não do modo como certamente ambos gostaríamos. Mas temos que ter a maturidade para compreender e aceitar isso, vivendo e convivendo como amigos e, sim, por que não dizer, como amantes os mais leais. A mentira só nos levaria para o abismo, e aí, sim, tudo estaria para sempre perdido. Seu, Lourenço."

"Lourenço, todo vento que passa murmura o seu nome, nestas horas que não vão embora, nestes dias pesados e imprecisos. Tudo tem o seu nome impresso, arrumo papéis, leis, anotações e processos e as recordações vêm em cada folha, tantos e tantos pedaços de alegria. Vejo meu braço inocente tomando você, seu carro na chuva, você todo molhado num telefone público atrás da minha resignação às onze da noite ... Não sei agora o quanto você será reticente, o quanto fechará o cenho desaprovador e agressivo, temendo um gesto inoportuno da minha parte. Desculpe-me, mas às vezes caio de muito alto e meu corpo sofre. Estou de frente à imensa vidraça do nosso quarto, que se abre para o horizonte largo da cidade que conquistamos, esperando paciente que se disperse a névoa que o encobre e leve embora esta dor insuportável de um coração sem consolo. 'Não opere com a idéia de que eu não sou feliz', você disse. Não tenha pena de mim, digo eu. Sua, Esther."

Algumas vezes ele foi mais longe ainda, como podia?

"Esther, sei que fui duro com você ontem. Mas fiz isso conscientemente, em função dos incidentes que se sucederam. Primeiro você dirigiu-se a mim como 'amor' no fórum. Pessoas estranhas ouviram, vi que fora um deslize, apenas comentei de passagem. Então houve aquela crise de ciúmes no bar que, reconheço, pode ter passado como um momento seu de cansaço, mas que me deixou profundamente preocupado. Você me enxergou flertando abertamente com uma estagiária. Fazendo inclusive 'bocas' para ela. Visão que só pode me ser profundamente constrangedora. Mas, então, que tipo de pessoa que sou? Adiante, em outro dia, na frente de dois conhecidos, você se enganchou no meu braço. Naturalmente, tentei fazer você ver que aquele não era um gesto adequado para a hora e as circunstâncias. Finalmente, a questão da mensagem mandada para meu correio eletrônico normal. Meu endereço profissional pode ser aberto, por funcionários. Sempre a meu pedido, é claro. Ninguém viu a mensagem, você se desculpou, mas ela poderia ter sido vista. E teria sido horrível para todos os envolvidos. Nós não somos namorados, Esther. Infelizmente, temos sido amantes. Clandestinos. Daqueles típicos que se amam nas sombras. É isso que somos. O que é terrível. eu sei. Tenho que lhe dizer uma coisa: não sei se lhe faço, afetivamente, mais mal do que bem. Não sei a resposta, mas sei o suficiente hoje para entender que a Esther profissional, a administradora, pode ser sempre racional, dura, às vezes, mas sempre equilibrada em suas ações e julgamentos. Mas a Esther mulher tende a ser assustada, fora do seu melhor prumo, ingênua afetivamente, instável, Pense sobre isso. Com meu amor e carinho, Lourenço."

Os tambores ecoaram e ninguém ouviu. O ácido humor da verdade rondou meus pensamentos, mas eu estava cega e surda. Como poderia ter rompido o lacre de vidro e ativado o aviso de incêndio? Como?

"Lourenço, o que meu amor cansado não entende é como, depois de falarmos tudo aquilo ao telefone (e talvez por isso mesmo ...) em lugar de você vir ao menos me beijar docemente, preferiu permanecer no escritório e fazer incursões noturnas na sala de uma menina (realmente uma fêmea de não se jogar fora). Só me resta ser a bailarina girando solitária na sua caixinha de música. Vá correr seus campos, é da sua natureza, não é? Deixe-me com meus tolos lamentos, ou os ignore, porque você, enfim, já viveu muito mais do que eu. E já pode demais sem mim. Sorry, E."

O tempo passava, mas ainda assim corríamos em busca do mesmo destino. Lourenço, aos olhos do mercado, era então, um cada vez mais sólido e reconhecido profissional. Sua carreira já lhe proporcionava sensações de conforto e, sobretudo, de poder. Ele estava quase sempre eufórico com seus feitos e deve ter começado a andar com as rédeas cada vez mais soltas. Nós vivíamos no que ele chamava de uma "insuportável gangorra emocional". Subindo e descendo montanhas, quem poderia supor que numa exata viagem o avião se chocaria contra o rochedo? Um dia Lourenço me pede que não nos vejamos mais, ele já não tinha forças para manter uma vida dupla. Nem sempre amar significava poder dizer que ama. Algum tempo depois, num lindo fim de tarde, ali, soltos no meio daquele enorme estacionamento, Lourenço me pede confiança e paciência, vamos casar, vamos viver eternamente juntos. Vamos conquistar o mundo.

"Lourenço, ainda não sei onde dormem os santos... Os peixinhos que morrem no aquário, os famintos de afeto, como dormem? Talvez abram grandes asas e voem

> *pelos céus relembrando os dias felizes e a sensação do vôo. Livres dos cuidados invisíveis, suavemente mergulham no lago dos esquecidos, descem e voam para si próprios, em noites que não fazem sombras, esquecidos dos descuidados momentos de dor. Dormem onde dormem os afetos, saem antes de todos, caminham sem ajuda, consolam por vocação e nada os faz esperar, nada os retém, Esther."*

Se alguma casa tivesse que ser ameaçada, que fosse a minha. E assim o foi naquela manhã cheia de sol nas janelas. Todos estariam radiantes e tudo seria rápido e fácil naquele dia. Fui, cedinho, até a sala de Lourenço entregar a última página do parecer que redigira na noite anterior. Abri subitamente a porta, sorridente e quase sua, não fosse a confusão daquela cena. Congelei na porta entreaberta por mim. Havia algo de absurdo, como era possível? Lourenço estava de joelhos, ao lado de sua mesa, no canto da sala, com a cabeça imersa entre as pernas de uma menina que não devia ter mais de dezoito anos. Ela estava com as mãos apoiadas na mesa, e sua saia caída no chão, olhando para o teto, devia estar distraidamente procurando aranhas... Lourenço parecia sorver suas entranhas, de tão afoito.

Paralizada e fria de pavor, fiquei ali vendo aquele delírio até o momento em que Lourenço se deu conta, pelo susto da moça, de que eu estava na porta. Nosso olhar se encontrou, mas não havia nada ali. Saí e fui andar pela rua. Andar e andar durante todo o dia. Lourenço já não precisava mais de mim, era isso, podia esmagar nosso amor contra a parede, podia esquecê-lo num canto escuro dentro de si mesmo e viver das glórias do poder que ele achava que tinha. Ele já sabia divertir-se sozinho, sem a minha companhia.

Os céus continuavam a tramar contra minha sanidade. Alguém lá de cima decidiu varrer todo o lixo para fora jogando-o dentro dos meus ouvidos. Por que? No final da tarde retornei ao escritório para pegar minhas coisas e, na saída, cruzei com a turma do cafezinho das sete. O pessoal gargalhava sobre o que para mim era então mais um vendaval, com raios e trovões que esfacelavam a imagem do homem que eu amava incondicionalmente. Eles se divertiam com uma história cheia de detalhes sobre uma tal viagem deles a Nova York no mês anterior, onde, numa tal boate, Lourenço apareceu com duas mulheres. O fato é que ele fez tudo o que quis nesta noite, levou as moças para o seu hotel e, na manhã seguinte, o pessoal da empresa as viu saindo do quarto dele. Lourenço era a bola da vez e estava na boca da arraia miúda.

O mundo desabou sobre meu coração. Com que forças posso ir a esta reunião do conselho amanhã? Sei que ele vai estar lá carregado da sua recuperada auto-confiança, distribuindo suas "idéias", delegando tarefas e seguindo o ritual do poder, porque, a esta altura, quem vai incomodar o agora já Sr. Vice-Presidente com boatos sobre seus caprichos sexuais?

Talvez ele devesse ganhar um caderno especial para escrever o seu "*Diário das Fodas*". Ou então, como diz o poeta, talvez seja mesmo como a condição do templo do amor, em que cada um traz a sua coluna e daí, todos se admiram, quando o deus contribui com sua flecha, para arrasar o recinto e o todo.

O CANTO DE ESTHER

PAULA AZEVEDO

Talvez ele devesse ganhar um caderno especial para escrever o seu "*Diário das Fodas*". Ou então, como diz o poeta, talvez seja mesmo como a condição do templo do amor, em que cada um traz a sua coluna e daí, todos se admiram, quando o deus contribui com sua flecha, para arrasar o recinto e o todo.

Mas não era isso, pensa Esther. Lourenço não queria um caderno especial; ele queria uma vida especial. Uma vida que, segundo ele, ela não podia lhe oferecer: simplesmente, uma vida sem ela.

Ela está tomando o seu café da manhã, olhando as árvores pela janela da cozinha. Semanas antes, ela ainda podia contar os dias que haviam se passado sem ele: *o terceiro amanhecer sem Lourenço...o nono amanhecer sem ele...o décimo quinto...* Agora, não havia mais o que contar. Tudo se juntara numa só sensação de perda que não dava para contabilizar.

A mesinha da copa está posta para uma pessoa, mas há ali espaço para duas. Está sendo difícil lembrar dele, sentar de frente para uma cadeira, um lugar sem ninguém, uma ausência absoluta.

Em cima da mesa, ao lado de sua xícara de café, encontra-se um vaso de cristal que Lourenço lhe ofereceu quando se mudaram para aquele apartamento, quatro anos antes. Um presente típico de marido: lindo, com belos cortes, simétricos e precisos. Ela gosta de deixá-lo na copa, para pegar o sol da manhã: a luz o penetra e espalha um arco-íris no chão. Lourenço sempre reclamava que o vaso ia cair e quebrar, que ia pegar a gordura do fogão, que uma peça cara daquelas não era para se colocar na cozinha, era um vaso para a sala. Mas Esther gostava de olhar para ele de manhã, acostumara-se com o seu arco-íris diário e particular.

É agora o seu consolo.

Esther levanta para lavar sua xícara. Já está atrasada para o trabalho.

Ela aprendeu que o que falta é o que mais nos prende, o buraco, o vazio, o oco: é nele que reside a memória, a memória que está agora em tudo que ele levou - o tapete colorido que antes ficava no corredor; as fotografias que tiraram na Itália; o quadro amarelo e laranja que ocupava a parede do quarto. Ela só vê lacunas espalhadas pelo vazio. Mas o vaso de cristal, sem flor e sem água, rende um arco íris que permanece. E isso a consola.

Numa rua não muito distante daquela onde Esther toma seu café está Lourenço. A cozinha da casa é enorme. Ele ocupa um espaço pequeno, num canto da copa. A casa é dos pais dele, que se mudaram para um apartamento. Os móveis são poucos; as visitas dos pais, ainda menos. Era assim a família dele: respeitosa, calada. Não faziam muitas perguntas, mas também não ofereciam muito consolo. Um amor diferente do que ele veio a viver com Esther, filha única, sem pai. A calorosa e carente Esther que, apesar de parecer tão diferente de sua família, veio a castigá-lo com a mesma frieza no final do casamento.

Ele está tomando sua única xícara de café matinal, preto e doce, sozinho na copa. Ele se acostumou com copas. Esther gostava delas. A da casa dos pais está virada para o que já foi um esplendíssimo jardim que recebeu por muitos anos os cuidados meticulosos da mãe. A cacofonia das flores coloridas está contida num canto, cercada de colchão de noiva - aquela planta espinhosa tão adequadamente nomeada - como se protegida pela rigidez do resto do jardim. Mas já se via sinais de rebeldia, de uma guerra entre as rosas agora mal cuidadas e as ervas daninhas que invadiam tudo. Tudo mesmo.

Esther sempre adorou flores e jardins e árvores. Ele imagina ela ali, observando o crescente caos do jardim, seu rosto sério, pensando em como consertar o estrago. Acabar com as ervas daninhas.

Lourenço olha para sua xícara quase vazia e força a Esther de seus pensamentos. Todas as manhãs é a mesma coisa: levanta, lembra, toma café, e passa o resto do dia tentando esquecer dela.

Está fazendo progresso. De manhã ainda é difícil, mas depois até que consegue passar horas sem ser invadido por ela.

Os pratos acumulam-se na pia; quando come em casa são coisas que ele pode trazer de fora ou pedir por telefone. Ele particularmente gosta dos restaurantes que entregam em pequenas embalagens de isopor; assim, pode comer diretamente nelas, não precisa usar pratos. Na verdade, restam poucos pratos limpos.

Lourenço termina o seu café e equilibra mais uma xícara sobre a louça já na pia. Um dia vai cair tudo, ele pensa, e sai para o trabalho.

Esther entra em seu carro para enfrentar o congestionamento que marca o inicio de sua jornada de trabalho e pensa a mesma pergunta que a tem assombrado quase que diariamente: Quando é que se percebe que tudo vai terminar?

Saindo da garagem, ela lembra bem daquele dia no apartamento, daquele domingo de manhã, sem sol, sem chuva, sem ar. A pequena estátua de bronze na mesa do centro. O tremer de suas mãos. Lourenço, com cara de cansaço e de tédio, acabando de chegar de sua noitada.

Ela sentava quietinha, fingindo ler um livro, tomando seu café.

Tinha medo de se mexer, de perder todo o controle e sair gritando para cima dele. Era melhor não arriscar movimento nenhum.

No silêncio de sua inércia, ela ensaiava: *Você escreve um diário sobre suas trepadas? Daria um ótimo livro.* Mas tinha medo de abrir a boca. Lágrimas cravavam os cantos de seus olhos, mas não derramavam. Ela olhava para ele, olhava a janela, não via nada. Mas sentia: aquele espaço deles, aquele espaço entre eles, hostil e árido.

Ele se sentou de frente para ela. Calmo. Cansado.

Lá fora, as folhas outonais, já marrons, se esfregavam contra o vidro. Um carro passava na rua. Pessoas passeavam com seus filhos e cachorros, falavam coisas, riam. Ela queria gritar, queria saber, não queria saber, queria pular pela janela, cair nos galhos frágeis daquela árvore, cair no chão, sair dali. Ela ia ter que falar alguma coisa, mas o quê?

Foi quando ele finalmente olhou para ela e disse, "Minha vida não faz mais sentido ao seu lado".

Ela não conseguiu se mexer.

Ele não conseguiu se conter: aparentemente do nada, ele pulou da poltrona e começou a pegar coisas, puxar malas, enrolar objetos, fazer escolhas, levar tudo para o carro. Sua fuga daquele apartamento tinha que ser feita antes que ela pudesse processar o que estava acontecendo; antes das lágrimas, dos pedidos, do perdão, pensou Esther. Ele está aliviado. Olha como ele corre.

Ela fechou o livro e olhou pela janela. Continuou paralisada, sem a coragem de olhar para ele.

Quanto tempo durou aquele momento? Dez, trinta, cinqüenta minutos? Duas horas? Sete semanas? Um século?

Quanto? Quanto tempo leva para terminar uma vida construída dos sonhos e planos de um amor ainda íntegro?

A memória ironiza o tempo. Deveria demorar décadas. Demorou irrisórios vinte minutos. E o que fica? Nada mais que o terrível eco da porta se fechando.

O carro atrás dela buzina. O sinal abriu. A Esther liga o rádio e limpa suas lágrimas.

Lourenço entra no estacionamento de sua empresa. Chega cedo. O trânsito, o trabalho; o caos, o absurdo; as saudades.

Desliga o carro e tenta se compor. A solidão contida naqueles momentos o remete a memórias de menos aflição, lembranças de manhãs quando ele chegava no trabalho ainda respirando o cheiro da Esther, munido de seus sorrisos e carinho. Isso o deixava forte para enfrentar seus dias longe dela.

Suas saudades são de uma época bem distante do fim do casamento, quando ele ainda poderia ter feito alguma coisa para salvá-los. O momento em que ele sentiu pela primeira vez que podia perfeitamente perder sua mulher. Ele lembra do exato instante: Foi numa festa. Esther estava especialmente falante, conversando com um grupo de pessoas no outro lado da sala. Um homem, alto, inclinava sua cabeça para ouvi-la melhor. Lourenço tomava seu vinho e observava a cena: O homem chegou mais perto. Ela deixou. Ele sussurrou no ouvido dela. Lourenço viu sua mulher rir, jogar sua cabeça para trás, colocar sua mão no braço daquele homem.

A partir daí, ele começou a ver a independência de Esther como indiferença, e o amor que ele sentia foi-se tornando insegurança.

Pouco a pouco, todos os homens se tornaram ameaças: homens com braços que sua mulher poderia querer segurar; homens com conversas que a faziam rir; homens altos, baixos, lindos, feios. Todos.

Ele começou a censurá-la. Ela relutou. Desdobrava-se em mimos para apaziguar a crescente possessividade de seu marido. Quanto mais ela fazia, mais desconfiado ele ficava.

São dos momentos antes da virada, antes do amor se tornar uma tortura, que o Lourenço sente saudades.

Ele tenta não lembrar daquela manhã de outono, daquela sala fria, da Esther sentada no sofá, do livro aberto em seu colo. Aquela agitação infernal que marcava os movimentos bruscos dela, seus dedos martelando na capa do livro, seus pés balançando contra a base do sofá. Da impotência de estar observando-a, na poltrona de frente para ela, daquela inquietação que tomava conta dele, da vontade de arrancar as páginas do livro e esfregá-las no rosto de Esther, fazê-la reagir, notar que ele estava lá, insuportavelmente quieto, esperando.

Ele estava acabando de chegar de uma festa de trabalho. Perdera a hora. A noite havia se estendido entre seus colegas, bebendo, anestesiado temporariamente da dor que seu casamento havia se tornado.

Eles e Esther haviam tido brigas antes:

"Seu filho da puta! Como você ousa não voltar pra casa?! Você me acusa de te trair mas é você que me trai! Você acha que sou o quê, pra ficar te esperando?" Ela gritava.

"Eu me esqueci da hora... desculpa... não fiz nada de mais..."

Esther chorava, gritava, mas sempre o esperava. Sempre o perdoava.

Ele não sentia remorso porque não a traía. A falta de traição o deixava tranqüilo, como se, ele sabendo que não estava transando com ninguém, fosse o suficiente para proteger seu casamento da desgraça. Ele dizia, "meu bem, eu não estava com ninguém". Era a única forma que ele conhecia para não se entregar de vez a uma insegurança avassaladora. Seu comportamento lhe rendia o que ele mais precisava de sua mulher: as cenas, as lágrimas que provavam para ele que ela o amava.

A dor dela o tranqüilizava.

Mas aquela manhã ele queria mais. Covardemente, quis ensaiar o poder de determinar o que ia acontecer entre eles. Disse, "Minha vida não faz mais sentido ao seu lado".

Esther não disse nada. Não gritou. Não fez cenas. Não demonstrou dor. Somente olhou para a árvore lá fora: para aqueles galhos secos e sem graça, galhos feios, marrons, malditos galhos que de repente tanto a hipnotizavam.

Que ódio ele sentiu dela naquele momento!

Movido pela raiva, começou a pegar coisas, arrumar malas, fazendo mais barulho que o necessário, querendo na verdade quebrar tudo, quebrar–Esther, gritar com ela, chacoalhá-la, qualquer coisa menos aquilo, menos aquela movimentação toda, tudo em fluxo, e a Esther imóvel no sofá, um livro fechado no seu colo, sem dizer nada, sem olhar para ele, sem se despedir. Aquela mulher que ele tanto amava, que chorava no cinema, na páscoa, em todos os aniversários e festas, com motivo ou sem motivo, chorava à toa, chorava demais, não derramou sequer uma lágrima por ele.

Ele saiu e fechou a porta.

Do lado de fora, Lourenço tremia, segurando objetos absurdos, carregando seu orgulho nos braços, flácido e pequeno, feio e ridículo como a planta quase seca (por quê pegar aquilo?) que segurava em suas mãos. O orgulho desgraçado que nos leva a perder o que não temos coragem de segurar.

Foi a última vez que se viram.

Seu relógio de pulso marca 9:00. Está na hora de subir para seu escritório. Mais um dia para enfrentar.

Com o tempo, Esther aprende a tomar seu café da manhã só. Aceita o conforto deslocado do arco-íris de seu vaso de cristal em sua copa azul e solitária.

Lourenço aprende a aceitar o caos em sua vida ordenada e assim aprender o valor da dor.

Enfim, quando as coisas se perdem, elas se acham.

Se ela sente falta da pele do Lourenço, das mãos que a conheciam tão bem, fecha os olhos e percorre o corpo com suas próprias mãos, hesitando nas áreas mais úmidas, mais carentes. Ela encontrou a perda na necessidade de mãos que não fossem as dela. E se masturba desesperadamente. Pensa nele ainda, sim; mas depois....chorando, se xingando, se lava, esfrega sabonete onde ainda está inchado, leva dor para as partes que pouco antes lhe deram prazer. Ela o encontra em seus desejos. Limpa o que está sujo. Esteriliza o que Lourenço contaminou.

Lourenço trepa indiscriminadamente. Não importa com quem. Se é fêmea, tem duas pernas e os orifícios necessários, pronto. Depois do gozo ele as odeia. Odeia seu desejo. O desejo delas. Ele não precisa chorar, se limpar, se esfregar, se esterilizar: São elas – todas – que estão contaminadas. Contaminadas com a cara da Esther. Dava-lhe vontade de cuspir em cada uma, e depois se deitar em seus colos e chorar.

Teria sido tão difícil telefonar? Dizer "volte". Só isso, "volte". Mas como que se pede a volta de uma pessoa que não nos quer? Como prendê-la a uma vida que não lhe faz mais sentido? Onde a dor é uma promessa (até por já ter-se manifestado tão gloriosamente)?

É um processo delicado, esse de empacotar um futuro falido, de embrulhá-lo e o entregar de volta à vida.

Para Esther, o processo de esquecer Lourenço e a mulher que ela foi ao seu lado deixa tudo muito intenso: ela vai abrir uma janela e fica entorpecida perante o movimento barulhento das ruas que cercam seu prédio. Ao escovar os dentes, se encontra imóvel perante o espelho, como se a explicação do abandono do seu marido estivesse ali, naquele nariz torto, nos olhos pequenos, na boca grande. Espelhos e janelas trazem-lhe o maior desafio: olhar o tudo, e olhar o nada. Lourenço levou todos os parâmetros com ele, deixou-a espalhada e derramada sobre os contornos deturpados de sua reflexão, os sons entorpecidos de sua vida.

Seus parâmetros mudaram. Esther ainda se atrapalha. No redemoinho de lembranças, não há mais ninguém para dizer onde ela começa e o desespero termina.

Mas o maior desafio de Lourenço – o de esquecer o rosto da Esther – se sintetiza na desordem dolorosa da pia cheia de pratos sujos, do seu banheiro fedido, de sua casa caótica. Ele olha o jardim, que um dia foi tão bem cuidado, e pensa: como a vida é estúpida.

Por que a pilha de pratos não cai?

Por que Esther me deixou ir embora?

Como conseguimos continuar quando é óbvio que a vida está rindo da gente, egoístas e burros do jeito que somos? pensa Lourenço, enquanto de pé, suas calças arriadas, perante o vaso fétido de seu banheiro. Como é cruel essa vida, que esvazia o calor do amor numa manhã de frio e nem sequer nos dá um sinal de que estamos cometendo um tremendo erro.

Aquele banheiro, onde ele está mijando, era o banheiro preferido da Esther, quando visitavam os pais dele, por um simples motivo: a janela.

Lá fora, um singelo pinheiro empresta sua sombra. Ele pensa agora, é realmente bonito. O bom dos pinheiros é que permanecem verdes o ano todo. Ele dá descarga. Não perdem a folhagem. Ele fica olhando a árvore pela janela. Isso é bom, ele pensa, porque o inverno chegou. Está chovendo lá fora.

Ele se dá conta que seu casamento terminou uma estação inteira atrás.

Chove e faz um frio danado.

Ângela telefona para Esther, convidando-a para sua festa de aniversário e diz, já avisando, "Não se pode faltar à festa de aniversário de uma grande amiga!"

Esther terá que sair de seu casulo e comparecer. Ela sente que precisa conversar, dançar, transar; precisa aliviar os imperativos insistentes que nascem da solidão; precisa de mãos que não sejam as dela.

Então ela escolhe uma roupa curta e preta que mostra o que ela não sabe que tem. Que corpo é este? Perante o espelho do seu banheiro, olhando seus seios, seus quadris, seu rosto, ela tenta se achar na sua reflexão.

A chuva bate na janela do quarto, o vento sopra em volta do prédio, e ela lembra, de repente, com um certo espanto: *já menstruei quatro vezes desde que o Lourenço foi embora.*

O telefone do Lourenço também toca; é o Ricardão. Fala de uma festa.

"Hoje não...estou a fim de ficar em casa. Estou cansado,." diz Lourenço, que saiu na noite anterior, e na noite antes dessa, e na outra. Dói-lhe a cabeça. Não esta precisando de festa, mas sim, de dormir.

"Ah, Lourenço...vamos. Não quero ir sozinho. Vai ter muita mulher..." Ricardão, para aproximar-se de uma mulher, tem que beber; para beber, precisa de companhia.

"Hoje não, quero ficar quieto. Outro dia".

Mas depois de desligar o telefone ele se vê sozinho, naquela casa grande sem nada para fazer. As idéias começam a invadir. Começa a pensar coisas. Tenta relaxar. Não consegue.

Um hora mais tarde, liga para o Ricardão dizendo que mudou de idéia.

Então se arruma, se penteia, se perfuma; enfim, se arma para uma nova conquista. Uma nova trepada. *Why not*? Para quê ficar em casa numa sexta-feira? Para quê ficar para baixo? Ele olha no espelho e se acha lindo. Um lindo homem de 37 anos. Ainda jovem. Sem sequer um cabelinho branco, nem gordo nem careca. Ele faz sucesso com a mulherada. Ele tenta não pensar na Esther, em tudo aquilo que já lhe foi importante – o contorno de seu quadril, o gosto de sua pele.

Pega suas chaves e sai.

Lourenço para na Lojinha de Conveniência 24 Horas para comprar camisinhas.

Esther para na Lojinha de Conveniência 24 Horas para comprar cigarros.

Esbarram-se no balcão, cada um segurando suas mercadorias: ele, camisinhas Jontex, lubrificadas; ela, dois maços de Marlboro Lights.

Cada um olha para as mãos do outro. O tempo para.

Ela vê as camisinhas. "Olá Lourenço". É raiva que a faz falar primeiro.

- "Olá, Esther. Que surpresa, você aqui."

- "Sim, eu moro aqui perto..." O ódio.

- "Sei. Ainda me lembro." A dor.

- "Você está bem?" O medo.

- "Estou sim. Estou muito bem." Um sorriso forçado. "E você?"

- "Ótima. Estou indo para uma festa." Ela não vai chorar, não ali, não vai se permitir.

- "Ah, eu também. Onde é a sua?" A esperança.

- "No Bar das Oitas. É aniversário da Ângela." Ela não consegue perguntar onde é a dele; seu coração está galopando em seu peito.

"A minha é no Centro. Pensei..." Uma risada aflita, desapontada: está chegando sua vez de pagar. Depois, será a vez dela. Ela está ali, agora, perto dele. Em breve, não estará mais.

- "Ah....tá". Ela vai chorar. Sente a umidade, o calor em seus olhos. Ele está lindo. Ele vai para uma festa. Ele comprou camisinhas. Ele ainda é seu marido. Ele não é mais dela.

- "Dois e oitenta", diz a moça no caixa. Ele remexe em seus bolsos e joga três reais no balcão. Coloca, envergonhado, arrependido, as camisinhas no seu bolso. O pacotinho deixa uma saliência redonda em sua coxa direita.

Esther nota suas coxas. Sim, elas ainda existem. Mesmo sem ela. Mesmo sem suas mãos, sua língua para torná-las reais. Como pode?

- "Quatro e trinta ", diz a moça. É a vez da Esther pagar. Ela dá uma revirada em sua bolsa. Lourenço permanece ao seu lado, esperando, olhando-a. Por que ele não vai embora, com suas camisinhas e coxas e planos?

Ela coloca cinqüenta reais no balcão. "Não tem trocado?" pergunta a moça, olhando para os dois.

- "Não".

- "Quarenta e cinco reais e setenta centavos, seu troco".

Lourenço cruza e descruza os braços, olha seu relógio. Ele olha para ela daquele jeito que um homem olha, quando está esperando, impotente, a mulher – ou a vida - dar algum sinal de como prosseguir.

Esther sorri. Seus olhos já estão se enchendo. Ela tem que sair dali.

Lourenço sorri também. Um sinal, talvez? E se pergunta: Como lidar com este desespero.

Mas ela rende-se ao medo, às camisinhas, às lagrimas que ameaçam descer e diz, - "Devo ir".

Quanta vontade de abraçá-la!! Como ele consegue se conter quando parece que nada mais tem importância, naquele momento, a não ser segurar aquela mulher perto dele? - "Sim, claro Esther, claro. Também tenho que ir".

- "Foi bom te ver, Lourenço."

- "Você também. Foi bom também te ver. Divirta-se na festa."

- "OK. Você também."

E se descruzam.

Ele vai para seu carro.

Ela vai para o dela.

Ele parte primeiro, enquanto ela finge ter que retocar o seu batom. Assim que ele sai do estacionamento, Esther sente as lágrimas libertarem-se silenciosamente. Ela encosta sua cabeça no volante e chora as lágrimas mais inconsoláveis de sua vida.

Lourenço dirige até a esquina e pára o carro. Ele treme demais para continuar dirigindo. Está difícil respirar. Sente-se muito mal. Sai do carro e chuta o pneu. Transpira frio. *Não é para doer tanto!* Ele pensa, *nunca mais vou deixar alguém me fazer sofrer deste jeito.* Tem vontade de vomitar. De vomitá-la. Ela não o quer. Deixou que ele fosse embora, de novo. Desta vez, despediu-se dele. Assim. Friamente.

Esther limpa os olhos, pega seu celular, e liga para a Ângela.

-"Ângela," ela quase não consegue falar, - "encontrei Lourenço..."

- "Onde, Esther? Me fala. Ele está ai?"

- "Não. Ele comprou camisinhas."

- "Camisinhas?"

- "Lubrificadas...ele vai para uma festa..."

- "Onde?"

- "Transar com outras mulheres..."

- "Quem?"

- "Com suas coxas minhas..."

- "Esther, onde você está?"

- "Doendo..."

Ângela demora em convencer sua amiga de que a melhor coisa a se fazer, naquele momento, naquela hora, é sair para a festa dela. Depois de 40 minutos no celular, naquele estacionamento da Lojinha de Conveniência 24 Horas, Esther, seus olhos inchados e suas roupas amassadas, sentindo-se exausta e esvaziada de qualquer esperança, desliga o telefone e vai para a festa de sua amiga.

A festa está agitada. Ela mal consegue enxergar. Seus olhos coçam.

Depois de uma hora, entre conversas sérias e conversas ridículas; papos sobre relacionamentos, sobre futebol, sobre a vida alheia, ela vê um homem. Era aquele, mas poderia ser qualquer outro. Ela pensa, *vou trepar com ele.*

Ela não sabe como é, esse lance de seduzir. Então, ela bebe e sorri, mexe seu corpo e fixa seu olhar. Seus olhos ainda estão inchados e vermelhos, seu batom está carregado demais, sua roupa está amassada. Ela está bêbada.

Mas ele a quer mesmo assim porque ela é, muito obviamente, uma mulher necessitada.

Depois de conversa furada, depois dos toques e sinais, ele a convida para casa. Ela vai.

A casa dele é qualquer casa. Sua cama, qualquer cama.

Lourenço estava lindo e comprava camisinhas.

Seu corpo é grande. Ele chega perto. Começa a beijá-la.

As coxas de Lourenço ainda existem.

Ele procura os botões de sua blusa, acaricia seu pescoço.

Ele vai para festas. Nem sofre sem mim.

Puxa ela para a cama.

Ele sorriu e disse, "foi bom te ver".

Suas mãos são ágeis, ele sabe o que faz, mas ela permanece rígida.

Ele foi embora sem dizer, "volte".

Ela começa a chorar e olha pra ele com medo. Pergunta-lhe: - "Quem é você?".

Ela não teve coragem de dizer...

- "Porque você está chorando?" Ele pergunta.

- "Porque eu não te amo...".

- "Mas você não tem que me amar".

Ela limpa suas lágrimas. - "Mas eu nem te conheço".

- "Ainda não".

Ela o pega em seu cabelo e o trás para perto dela, segura seu rosto em suas mãos e diz, baixinho, - "Estou muito aflita".

Porque é que a gente nunca sabe quando é o inicio de algo...E quando é o fim?

Ele não é para ser importante. Nem do nome dele ela gosta: Carlos. Um nome comum.

Mas ele liga no dia seguinte.

E no outro.

E pouco a pouco, ela começa a rir de suas piadas e a gostar de seus abraços. Começa a sentir uma certa felicidade quando lembra do seu rosto. *Carlos.*

Quem diria?

Um dia ela aceita novamente um convite para ir na casa dele. Esta vez ela presta atenção: não é só qualquer casa. É a casa do Carlos. Ela é grande, vazia, cheia de espaço. Ele também é separado.

O Carlos lhe serve vinho na sala.

A beija no sofá.

Na hora de irem para a cama, ela olha para ele com medo. Lembra. Sente um frio na barriga.

(Lourenço nunca mais vai voltar.)

A primeira transa - a que conta - é aquela que nos faz querer lembrar dos detalhes, precisar de lembrá-los. Caso não haja outra.

O Carlos tem um corpo comprido, que continua onde o dela termina e coloca parâmetros físicos na solidão que ela sente. Um consolo que não é oco. Que a penetra. Que tem substância. Braços e pernas e pele e pêlos e fluidos e sons.

A noite começa a virar dia. Eles não saem da cama. A manhã passa. Eles voltam a dormir. Acordam. Ele a procura, ainda sonolento, e a coloca em cima dele.

O passado volta. O passado vai. O tempo se mistura.

Ele a penetra.

Entrou.

Já era tarde quando terminaram. O ar estava úmido e pesado, o céu cinza com a promessa de chuva. Ela, ainda nua, estava na janela do quarto; sua testa quente e molhada encostava-se à vidraça fria. Ele, deitado na cama, a chamava: *venha para cá...* Ela não tirava os olhos das árvores, com seus galhos expostos e desprotegidos, pretos na luz lânguida daquele final de tarde no meio do inverno. O som do vento e o silêncio de quartos vazios se misturavam com os sussurros dele. Ela queria gritar. O quarto se comprimia, estava pequeno e sufocante. Ele a chamou novamente, sua voz meiga e tímida, densa com o peso de novas impressões: o contorno do quadril dela; o cheiro de sua nuca; o gosto de sua pele... Ele se levantou, se desenroscando dos lençóis desarrumados ainda quentes com o calor de seus corpos, e tentou abraçá-la. Ela se afastou e com a frieza de quem ainda não sabe que ama, lhe disse, "Preciso ir. Houve um engano."

ESTHER E AS IMAGENS

Yury Hermuche

Já era tarde quando terminaram. O ar estava úmido e pesado, o céu cinza com a promessa de chuva. Ela, ainda nua, estava na janela do quarto; sua testa quente e molhada encostava-se à vidraça fria. Ele, deitado na cama, a chamava: *venha para cá*... Ela não tirava os olhos das árvores, com seus galhos expostos e desprotegidos, pretos na luz lânguida daquele final de tarde no meio do inverno. O som do vento e o silêncio de quartos vazios se misturavam com os sussurros dele. Ela queria gritar. O quarto se comprimia, estava pequeno e sufocante. Ele a chamou novamente, sua voz meiga e tímida, densa com o peso de novas impressões: o contorno do quadril dela; o cheiro de sua nuca; o gosto de sua pele... Ele se levantou, se desenroscando dos lençóis desarrumados ainda quentes com o calor de seus corpos, e tentou abraçá-la. Ela se afastou e com a frieza de quem ainda não sabe que ama, lhe disse, "Preciso ir. Houve um engano."

Abatida e envergonhada, Esther refez-se. Com o auxílio de um pedinte, levantou-se. Não pode recusar a mão suja do miserável, embora não tenha escondido sua repugnância. Pegou sua bolsa do chão e seguiu andando, desorientada. Alguns passos adiante, armou seu guarda-chuva e pôs-se a caminhar, a princípio sem direção. As roupas molhadas a incomodavam. As gotas começavam a cair vigorosas e lá atrás as pessoas olhavam-na jocosas. Seu tombo só não fora mais estapafúrdio que sua própria fuga.

Andou pelas ruas sem pensar muito, ligeiramente quis voltar, preparar um chá, ouvir alguma música, dormir, mas não saberia o que dizer para Lourenço. No fundo, sentia que não se conheciam: pareciam totalmente estranhos um ao outro.

Lourenço viu tudo: descera atrás dela para explicar-se, para ouvi-la. Viu-a escorregar na poça e parou a certa distância sem saber o motivo. Não conseguiu responder a si mesmo porque a ajudou. Talvez num átimo tenha sentido que, enfim, não se conheciam mesmo, ou que nada naquela mulher lhe dizia respeito, apesar do que viveram.

De fato, numa fração de segundos, a perspectiva havia sido deslocada, e o foi com tanta facilidade e rapidez quanto das outras vezes. Ambos tinham a vaga sensação de que estes deslocamentos eram o que os aproximava, a nuvem indefinida sobre a qual flutuavam, e onde, dependendo das direções que o vento tomava, amavam-se ou odiavam-se, sempre com a mesma intensidade.

Confusos, imaginavam ter consciência de seus problemas, embora nem sempre conseguissem nomeá-los. Sofriam com súbitas mudanças de personalidade. Complicados à sua maneira, reclamavam às vezes dos lugares onde estavam, outras vezes adorava-os. Viviam com a febre de um outro mundo, uma outra vida, enfim, no fundo eram uns problemáticos, produziam paranóias a uma velocidade espantosa e agora, inexplicavelmente, depois de dormirem juntos, simplesmente separariam-se sem deixar rastros!

Dois camaleões: Esther precisava ser fotografada muitas vezes por mês, porque a cada momento era alguém diferente. Dependendo do filme que assistia ou se saía de uma festa cedo ou tarde, ela transformava-se numa outra pessoa, o que rapidamente produzia efeitos na própria matéria de seu corpo, cabelos com diferentes cortes, roupas e palavras totalmente novas. É fácil notar como as fotos perdiam a validade com freqüência, como era inútil aquela ânsia de Lourenço em congelar suas transformações: na verdade ele percebia paulatinamente que as personalidades múltiplas de Esther esgotavam todas as suas defesas, porque ela, com uma desenvoltura que sempre o assustou, conseguia driblar todas as palavras, todas as armadilhas, e tão logo ele acreditava ter encontrado uma maneira segura de tê-la em suas mãos, lá vinha ela com uma nova mutação para fazê-lo bambear com novas dúvidas e incertezas, ou novas fugas absurdas como a última. Afinal, se a cada minuto havia uma nova pessoa para conhecer, que segurança poderia existir num relacionamento como este?

Lourenço era já um outro tipo de camaleão, seu sorriso de Monalisa era uma verdadeira caixa de pandora.

Depois de recuperar-se do escorregão, Esther foi-se embora sob a chuva, e Lourenço, escondido pelos transeuntes, ensopado, envergonhado, viu-a partir. Ele virou o rosto para cima, com os olhos cerrados, deixando-se molhar ainda mais, e reflexos de luzes coloridas encharcavam sua nova confusão. O que faria? Deixaria ela ir-se embora sem explicações, mesmo depois de tudo? Voltaria para casa e dormiria tranqüilamente, ignorante dos motivos que a teriam levado para aquela decisão? Tinha vontade de correr até Esther, para encontrá-la, puxá-la de volta, arrebentá-la, abraçá-la, chorar em seus braços, amá-la...

Depois de algumas quadras, Esther resolveu parar. Olhou para todos os lados, olhou para as ruas da cidade, olhou para os próprios olhos, no reflexo de uma vitrine e, atentamente, observou quem era. As pontas dos dedos, finos, inteiros, sem anéis, e as unhas, sem tinta. E depois os punhos, também finos, sem pulseiras, sem adornos. Os braços, descobertos, fortes e, no entanto, sem cor. A cintura sem jeito, a forma das ancas... no entanto já não era sem prazer que se via, mas sim observava-se com curiosidade, talvez um pouco de confusão, certamente não se reconhecendo em praticamente nenhuma parte de seu próprio corpo. Sabia que, reunindo tudo aquilo, ainda era pouco pois sentia-se muito maior e mais extensa que sua imagem, mesmo se esta estivesse refletida em uma centena de vitrines.

Aproximou-se e mirou os olhos com força. Lá dentro, num círculo escuro, moviam-se silentes formas conhecidas, e eram pessoas, de todos os lugares e de todas as idades, que se aproximavam e sorriam para ela. Cada um a seu jeito, chegavam e a abraçavam, para depois partirem com saudades. Alguns definitivamente. A chuva, naquele instante, cobria de lentidão e vazio a imersão na qual se encontrava. Lourenço, no círculo escuro, aproximou-se e beijou-a ternamente.

Ela procurou tocá-lo, mas o vidro da vitrine era frio. Virou-se. Era apenas um reflexo.

A chuva caía na calçada por onde meninos pobres passavam sorridentes. Sozinha e lacrimosa, Esther voltou a caminhar com vagar, sem saber para onde ir, perguntando-se a si mesma: " O que fiz?"

Lourenço acompanhava tudo de longe, apenas olhando, olhando e pensando. Não conseguia ainda reunir as certezas necessárias para tocá-la, para encará-la, para aproximar-se. E, no entanto, fora ela quem fugira! De uma maneira estranha, parecia-lhe que sua fuga estava presente em germe nos dois, num mesmo movimento silente, pois agora ele próprio a desconhecia, ele próprio procurava em vão recuperar na memória algum elo perdido, algo que explicasse tudo isso.

E por outro lado, a idéia muito comovente de uma mudança radical de vida começava a atraí-lo perigosamente. Se fora tão fácil assim para Esther desaparecer, por que seria diferente com ele? Por que ele deveria sofrer sozinho com algo que lhe pareceu tão fácil para ela? Enfim, também ele poderia sair pela rua e flertar com as mulheres, poderia enfim olhar para as pernas delas, os quadris, a forma como desfilam, sentiria-se livre e renascido de um período de sonolência abissal.

Entretanto, mesmo descalço, ele a seguiu pelas ruas molhadas. Respirou fundo, virou-se e continuou atrás de Esther, que se afastava vagarosamente. A noite estava avançando, suas roupas molhadas não eram ainda pesadas o suficiente para fazê-lo desistir, pois a curiosidade movia-o, a necessidade de um entendimento, e este entendimento certamente não passava pelos motivos de Esther, mas sim pelos motivos que ligavam-no a ela, isso estava claro.

Não conseguia entender como pôde jogar-se automaticamente à rua, depois do tratamento que recebera dela, momentos atrás. Em outras ocasiões, se alguma mulher fizesse o mesmo, ele simplesmente daria de ombros e dormiria tranqüilo. Mas agora era diferente. Sua reação fora provocada por uma energia nova, radiante talvez. E isso era ainda algo era estranho, novo, diferente e incompreensível movendo-se dentro dele, algo que ainda não saberia nomear, embora o coração palpitasse.

De longe, assim de costas e indo embora, Esther parecia-lhe também uma mulher realmente desajeitada. Pequena e distante. E, sobretudo, era alguém fugindo, de uma maneira absurda, por motivos desconhecidos.

Uma cidade são poucos lugares e algumas pessoas, pensou Lourenço, nos seus poucos contatos tudo chegara a um ponto em que não era mais possível tocar a vida que levava. Esther, como última aposta, ligava-o à cidade de uma maneira completa. Seguí-la pela cidade era um verdadeiro romance.

Agora ela afastaria o frio andando; no caminho seria possível decidir alguma coisa, decidir um rumo para a vida, que dava tantos círculos. De relance, ela pode vê-lo, lá atrás, andando em sua direção, o que lhe provocou um passo mais acelerado no peito. Para escapar de tantas lembranças, ela virou imediatamente numa esquina, de forma que ele não mais pudesse vê-la.

Lourenço chegou até a esquina ofegante. Não havia nada lá. Esther estava em nenhum lugar. Com raiva, ele correu ainda para outra esquina, a seguinte, e novamente não conseguiu vê-la. Havia perdido seu caminho. Apoiou-se numa placa de trânsito e sentou-se na calçada. Estava arrasado, mas sabia que isso não podia durar.

Sentindo frio e cansado, totalmente encharcado, Lourenço levantou-se. Um vento forte soprou-lhe o rosto, como um novo vento de mudanças. Decidiu voltar para casa. A iluminação pública banhava a multidão na rua. A chuva arrefecia, a noite cobria tudo com um mistério profundo, pela cidade as pessoas corriam ainda de um lado para outro, tentando voltar para suas casas antes da alta madrugada.

O mendigo continuava na esquina. Com o fim da chuva, ele voltava para o seu lugar. Em casa, Lourenço não entendia nada. Ainda molhado, sentou-se novamente sobre a cama e desejou chorar, mas as lágrimas não vinham. Olhando para a palma das mãos, as ranhuras por toda a extensão da pele, ele facilmente imaginava-se seguindo uma dessas direções, correndo resfolegante ao redor do corpo, preso ao corpo como a uma idéia, indo ao encontro de não-se-sabe-o-quê mas com absoluta convicção. Rememorava cada fala, cada olhar, os abraços, os sorrisos, as noites quentes e os dias frios pelos quais foram tecendo, ele e Esther, esta malha tão complexa quanto a própria superfície da pele.

"Esther... Esther...". Essas eram as únicas palavras das quais ele não conseguia escapar, as únicas que olhavam-no como se exigissem uma ação. Tratava-se de um silêncio incômodo, algo sem sentido, tanto quanto seus últimos gestos. Agora, ele se encontrava numa situação estranha e sentia-se incapaz de ter certezas:

"Esther...", olhou para os lados para procurá-la, "Quem é você, Esther?"

Lourenço não sabia. Estava só novamente, fora afastado de seu corpo quente com um movimento estranho; deslocado assim como estava, era como se tudo o que o aproximasse de Esther afinal não tivesse ocorrido. Quanto tempo teria se passado desde que a conhecera, ou desde o último engano?

E por que não: o último engano também não era uma forma de conhecê-la ainda mais?

No apartamento tudo continuava igual: sobre a cama, os lençóis amassados já se constituíam como prova irrefutável de uma parte da história. De resto, Esther desaparecera tão completamente quanto a certeza de que ele a amava, e tudo o que viveram, tudo sobre o que falaram, movia-se agora sob uma espessa camada de poeira e incompreensão.

Levantou-se da cama sem saber bem o motivo, seguiu para a sacada querendo voltar, olhou para fora como quem fecha os olhos e, de repente, viu-a imóvel, lá embaixo, com o guarda-chuva na mão, olhando para cima.

Ele apoiou as mãos no batente, curvou-se um pouco para baixo e sussurrou baixinho: "Esther..."

Lá embaixo, ela esboçou um sorriso tímido. Sussurrou alguma coisa com os lábios finos, palavras que Lourenço só pôde imaginar. Olhavam-se interrogativos e envergonhados, ambos cansados, como se olhassem para o mesmo horizonte distante.

Em silêncio, ele fez sinal para que ela subisse, mas Esther apenas acenou com um beijo. Lourenço recebeu este beijo e, pela janela, pode vê-la caminhando até o fim da calçada sem olhar para trás em momento algum, até dobrar na esquina e desaparecer no meio da multidão.

Com novo fôlego, ele trocou de roupa, desceu novamente para a calçada e foi para a rua. A chuva tinha acabado definitivamente e as pessoas estavam de volta à rua. Com a noite recomeçando, era como se começasse também um novo capítulo na vida. Vê-la assim seguir sozinha tão facilmente, e com tanto desprendimento, era inquietante; parecia-lhe um difícil recomeço mas também já era muito mais do que esperava: ao menos, pensou ele, ela havia prometido voltar. Virou-se e caminhou, arrastando os pés. Mergulhou em uma estação do metrô e deixou a multidão envolvê-lo.

SOBRE OS AUTORES

LAVINA MADEIRA RIBEIRO, 43 anos, residente em Brasília, pintora, poetiza, professora da UnB, escreve e publica na área de sociologia da comunicação.
lmr@dfturbo.com.br

PAULA AZEVEDO, 37 anos, portuguesa-norte-americana, residente em Brasília, romancista e tradutora profissional.
olinda.paula@terra.com.br

SUSANA DOBAL, 38 anos, residente em Brasília, fotógrafa e professora da UnB, possui várias exposições de fotografia, tem trabalhado com texto e imagem e animações em CD-ROM.
susanadobal@hotmail.com

FERNANDO RIBEIRO, 42 anos, residente em Brasília, fotógrafo, designer e professor da UnB, expõe na área de fotografia.
fernando.r@ig.com.br

WALTER MENON, 38 anos, residente em Brasília, artista plástico, poeta, com exposições em óleo, acrílico e várias instalações premiadas.
eumenon@ig.com.br

ANTÕNIO ORIA DE RUEDA, 40 anos, espanhol, residente em Madrid, cineasta, romancista, professor de televisão em várias universidades espanholas.
aoria@wanadoo.es

YURI HERMUCHE, 31 anos, residente em São Paulo, fotógrafo, romancista, artista plástico e web designer.
longe@hotmail.com

Quick Printer
IMPRESSOS RÁPIDOS
SIA Trecho 3 Lote 1.760
CEP: 71200-030 Brasília-DF
Tel: (61) 362-0008 Fax: (61) 233-3771
www.quickprinter.com.br
quick@quickprinter.com.br